科《か》学《がく》探《たん》偵《てい》 謎《なぞ》野《の》真《しん》実《じつ》 シリーズ

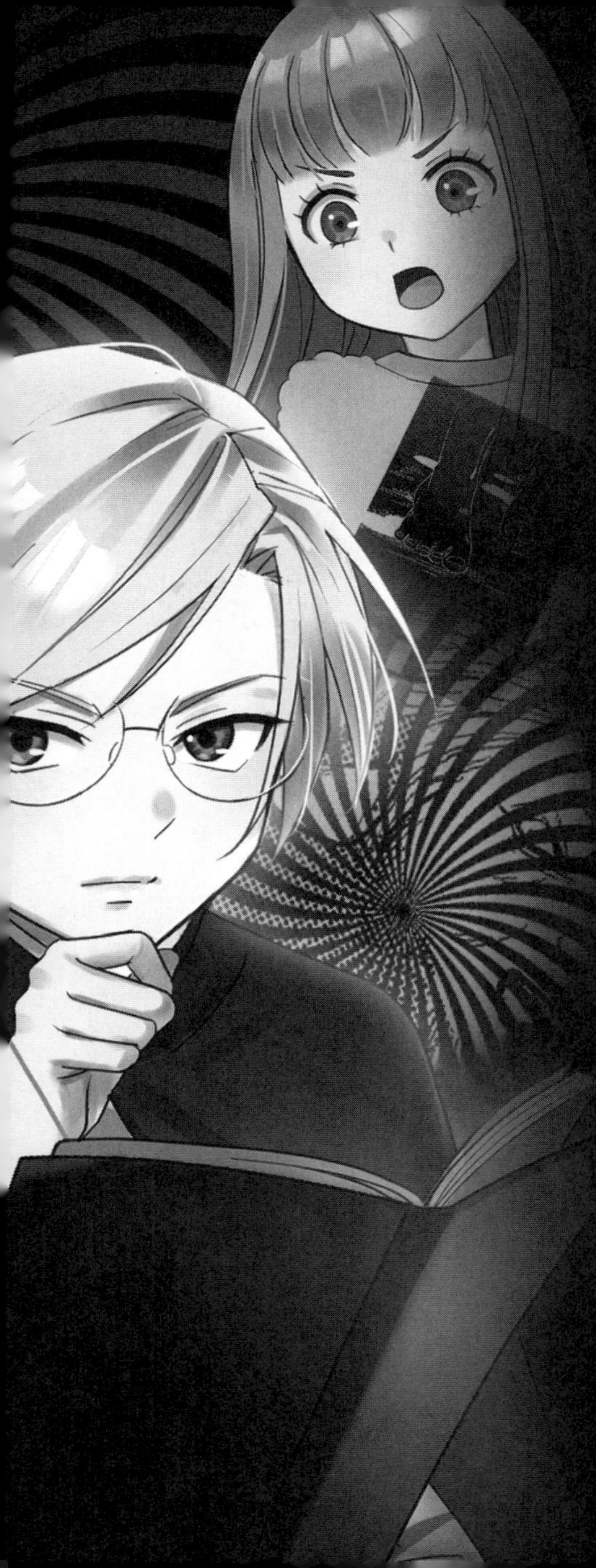

科学探偵 vs.

終末の大予言

前編

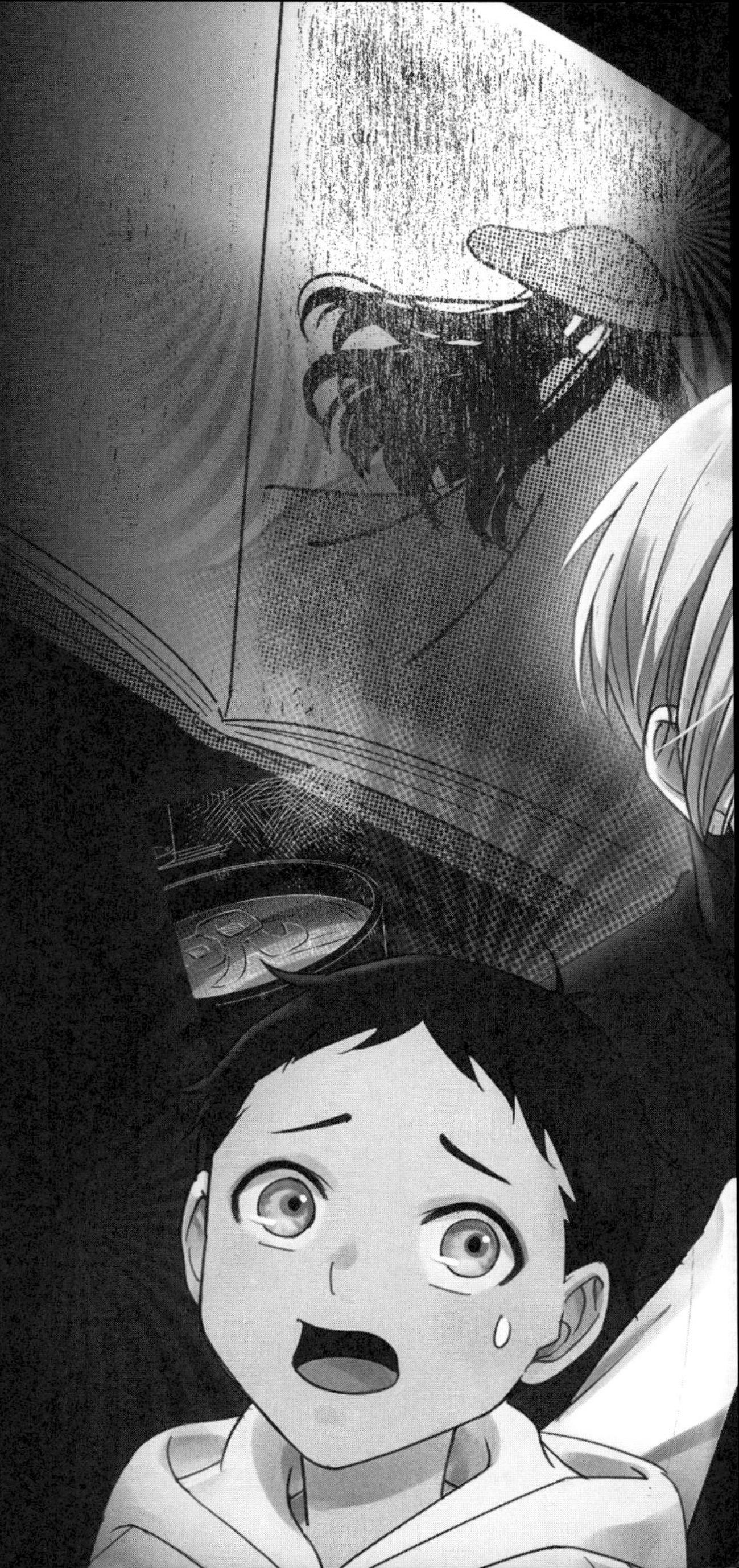

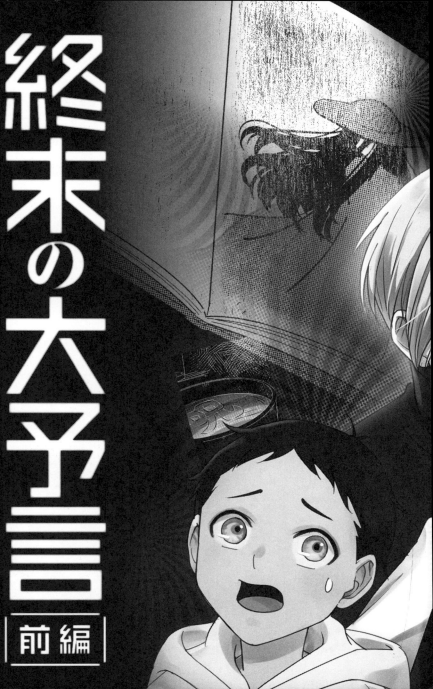

もくじ

この本《ほん》の楽《たの》しみ方《かた》

この本《ほん》のお話《はなし》は、事件編《じけんへん》と解決編《かいけつへん》に分《わ》かれています。登場人物《とうじょうじんぶつ》と一緒《いっしょ》にナゾ解《と》きをして、事件《じけん》の真相《しんそう》を見《み》つけてください。ヒントはすべて、文章《ぶんしょう》と絵《え》の中《なか》にあります。

登場人物《とうじょうじんぶつ》

謎野真実《なぞのしんじつ》
エリート探偵養成学校《たんていようせいがっこう》からの転校生《てんこうせい》。
妖怪《ようかい》や都市伝説《としでんせつ》などの
〝不可思議事件《ふかしぎじけん》〟を、天才的《てんさいてき》な推理力《すいりりょく》と
幅広《はばひろ》い科学知識《かがくちしき》で解《と》き明《あ》かす。

宮下健太《みやしたけんた》
超《ちょう》ビビリだが、不思議《ふしぎ》なことが大好《だいす》き。
尾狩《おかる》トモミに頼《たの》まれて、真実《しんじつ》たちと、
行方不明《ゆくえふめい》の少女《しょうじょ》の捜索《そうさく》に協力《きょうりょく》する。

青井美希《あおいみき》
健太《けんた》の幼《おさな》なじみで、
ジャーナリスト志望《しぼう》の新聞部部長《しんぶんぶぶちょう》。

尾狩《おかる》アリス
尾狩刑事《おかるけいじ》の妹《いもうと》。
現在行方不明《げんざいゆくえふめい》。

花森小《はなもりしょう》の6年生《ねんせい》たち

杉田《すぎた》ハジメ

マジメすぎる性格《せいかく》のため「マジメスギ」というあだ名《な》を持《も》つ。ある事件《じけん》で学校《がっこう》を休《やす》むようになる。

内村静人《うちむらしずと》

成績優秀《せいせきゆうしゅう》な少年《しょうねん》。

平田並男《ひらたなみお》

目立《めだ》ちたがり屋《や》でお調子者《ちょうしもの》通称《つうしょう》「平田少年《ひらたしょうねん》」。

隣町《となりまち》の小学《しょうがく》6年生《ねんせい》たち

元《もと》クラスメートの3人《にん》。〝禁断《きんだん》の言葉《ことば》〟の事件《じけん》に巻《ま》き込《こ》まれる。

矢部伸樹《やべのぶき》

長谷川圭一郎《はせがわけいいちろう》

三上彩《みかみあや》

尾狩《おかる》トモミ

花森警察署《はなもりけいさつしょ》でかつては「若手《わかて》のホープ」と呼《よ》ばれていた刑事《けいじ》。妹《いもうと》・アリスの失踪《しっそう》を機《き》に、妖怪《ようかい》や都市伝説《としでんせつ》などの〝不可思議事件《ふかしぎじけん》〟を調《しら》べている。

金森夫婦《かなもりふうふ》

尾狩刑事《おかるけいじ》の行《い》きつけの喫茶《きっさ》「ポエム」を営《いとな》むマスターとその妻《つま》。アリスを捜《さが》す尾狩刑事《おかるけいじ》を励《はげ》まし、支《ささ》えている。

「ねえねえ、あのうわさ知《し》ってる？」

ある日《ひ》の夕方《ゆうがた》。

公園《こうえん》に3人《にん》の子《こ》どもたちがいた。

小学《しょうがく》6年生《ねんせい》の背《せ》の高《たか》い男《おとこ》の子《こ》が、クラスメートらしき2人《ふたり》に話《はな》しかけている。

「うわさって、どんなうわさ？」

白《しろ》いヘアバンドをした女《おんな》の子《こ》が、男《おとこ》の子《こ》にたずねた。

「それはね、『予言《よげん》の書《しょ》』っていう本《ほん》のうわさだよ」

「よげんのしょ？」

女《おんな》の子《こ》が首《くび》をかしげると、隣《となり》にいた短髪《たんぱつ》の男《おとこ》の子《こ》が口《くち》を開《ひら》いた。

「そんなうわさ、聞《き》いたことないよ」

女《おんな》の子《こ》もうなずく。

背《せ》の高《たか》い男《おとこ》の子《こ》は、「ぼくも昨日《きのう》知《し》ったんだ」と言《い》った。

彼《かれ》はスイミングスクールに通《かよ》っていて、隣町《となりまち》の小学校《しょうがっこう》の男《おとこ》の子《こ》と仲《なか》がいいらしい。

「その子《こ》が言《い》ってたんだ。最近《さいきん》、学校《がっこう》の友達《ともだち》がみんな、予言《よげん》の書《しょ》の話《はなし》をしてるんだって」

「みんなが？　うわさが広《ひろ》まってるってことだよね？」

短髪《たんぱつ》の男《おとこ》の子《こ》が驚《おどろ》く。

「それで、その予言《よげん》の書《しょ》ってどういうものなの？」

女《おんな》の子《こ》は興味《きょうみ》を持《も》ったようだ。

背《せ》の高《たか》い男《おとこ》の子《こ》は、２人《ふたり》をじっと見《み》つめた。

「その本《ほん》には、ありえない現象《げんしょう》や、信《しん》じられないような怪人《かいじん》や怪物《かいぶつ》が、いつ、どこに現《あらわ》れるかが書《か》かれているらしいよ」

教《おし》えてくれた子《こ》も、学校《がっこう》の友達《ともだち》も、誰《だれ》もその本《ほん》を実際《じっさい》に見《み》たことはないらしい。その本《ほん》が存在《そんざい》しているといううわさだけが広《ひろ》まっているのだという。

「その本《ほん》、どこで売《う》ってるの？」

「売《う》ってる本《ほん》じゃないよ」

背《せ》の高《たか》い男《おとこ》の子《こ》は、短髪《たんぱつ》の男《おとこ》の子《こ》に言《い》った。

「予言《よげん》の書《しょ》はある日突然《ひとつぜん》、自分《じぶん》の部屋《へや》の机《つくえ》の上《うえ》に置《お》かれてるんだって。だけど、けっして中《なか》を見《み》たらいけないらしい」

「なぜ？　見《み》たらどうなるの？」

女《おんな》の子《こ》の言葉《ことば》に、背《せ》の高《たか》い男《おとこ》の子《こ》はゆっくりと答《こた》えた。

「本《ほん》の中《なか》を見《み》てしまったら、

——その人《ひと》は、この世界《せかい》から消《き》えてしまうんだって」

●

（なんだかちょっと不思議《ふしぎ》な話《はなし》だったな）

とあるマンション。家《いえ》に帰《かえ》ってきた女《おんな》の子《こ》はそう思《おも》いながら、リビングへやってきた。

リビングの横《よこ》にあるキッチンに入《はい》り、冷蔵庫《れいぞうこ》を開《あ》ける。中《なか》にはラップをしたカレーが入《はい》っていて、「8時《じ》ぐらいには帰《かえ》るから、先《さき》に食《た》べててね」と書《か》かれたメモが貼《は》ってあった。

「毎日《まいにち》ありがとう、お姉《ねえ》ちゃん」

12歳《さい》年《とし》の離《はな》れた姉《あね》は、朝《あさ》、女《おんな》の子《こ》が起《お》きる前《まえ》にその日《ひ》の分《ぶん》の食事《しょくじ》を作《つく》り、仕事《しごと》に出《で》かける。

5年前《ねんまえ》に両親《りょうしん》を交通事故《こうつうじこ》で亡《な》くした女《おんな》の子《こ》にとって、姉《あね》は親代《おやが》わりのような存在《そんざい》だった。

女《おんな》の子《こ》は、持《も》っていたかばんを置《お》くために自分《じぶん》の部屋《へや》へと向《む》かった。

（予言《よげん》の書《しょ》に興味《きょうみ》はあるけど、この世界《せかい》から消《き》えるなんて、さすがにありえないよね）

女《おんな》の子《こ》は部屋《へや》を見渡《みわた》す。本棚《ほんだな》には、科学《かがく》に関《かん》する本《ほん》や世界科学《せかいかがく》コンクールのメダルが並《なら》んでいる。

壁《かべ》に貼《は》られた紙《かみ》には、「めざせ　コンクール優秀賞《ゆうしゅうしょう》!!」と書《か》かれていた。

（よし、今日《きょう》も夕《ゆう》ごはんを食《た》べ終《お》えたら、科学《かがく》の勉強《べんきょう》をしようっと）

予言《よげん》の書《しょ》の話《はなし》はすっかり頭《あたま》から消《き》え、女《おんな》の子《こ》はかばんを机《つくえ》の横《よこ》に置《お》いた。


「えっ？」

ふと、机《つくえ》の上《うえ》を見《み》る。

めざせ
コンクール
優秀賞!!
一の日《ひ》。
酉《とり》の刻《こく》。
街《まち》の頂上《ちょうじょう》に赤《あか》き女《おんな》が現《あらわ》れる

そこには、見覚《みおぼ》えのない赤《あか》い表紙《ひょうし》の本《ほん》がポツンと置《お》かれていた。

「誰《だれ》が置《お》いたの？」

家《いえ》には女《おんな》の子《こ》と姉《あね》しか住《す》んでいない。女《おんな》の子《こ》が家《いえ》を出《で》るとき、机《つくえ》の上《うえ》には何《なに》もなかった。

姉《あね》が仕事《しごと》から一度《いちど》帰《かえ》ってきて本《ほん》を置《お》いたとは考《かんが》えにくい。

女《おんな》の子《こ》がとまどいながら本《ほん》を手《て》に取《と》ると、表紙《ひょうし》には本《ほん》のタイトルが書《か》いてあった。

『予《よ》言《げん》の書《しょ》』

「ええっ??」

クラスメートの男《おとこ》の子《こ》が言《い》っていた本《ほん》だ。

彼《かれ》のイタズラかと思《おも》ったが、部屋《へや》に入《はい》れるわけがない。

女《おんな》の子《こ》はおそるおそる、さらにページをめくった。

『1の日《ひ》。酉《とり》の刻《こく》。街《まち》の頂上《ちょうじょう》に赤《あか》き女《おんな》が現《あらわ》れる』

「これって……」
予言《よげん》だ。女《おんな》の子《こ》はゾッとする。
同時《どうじ》に、そこに書《か》かれている予言《よげん》と不気味《ぶきみ》な絵《え》に強《つよ》く引《ひ》きつけられた。
「酉《とり》の刻《こく》って、たしか夕方《ゆうがた》の5時《じ》から7時《じ》ぐらいだよね？
それに1の日《ひ》っていうのは……」
女《おんな》の子《こ》は壁《かべ》に貼《は》られたカレンダーを見《み》る。
1日《ついたち》は明日《あした》だ。
女《おんな》の子《こ》は、予言《よげん》の書《しょ》をじっと見《み》つめながら、ひとりつぶやいた。

「明日《あした》の夕方《ゆうがた》に、
何《なに》かが起《お》きる……」

十二支《じゅうにし》で時刻《じこく》を表《あらわ》す方法《ほうほう》

1日《にち》24時間《じかん》をだいたい2時間《じかん》ずつ12に分《わ》け、十二支《じゅうにし》を当《あ》てはめて呼《よ》ぶ方法《ほうほう》を十二時辰《じゅうにじしん》という。

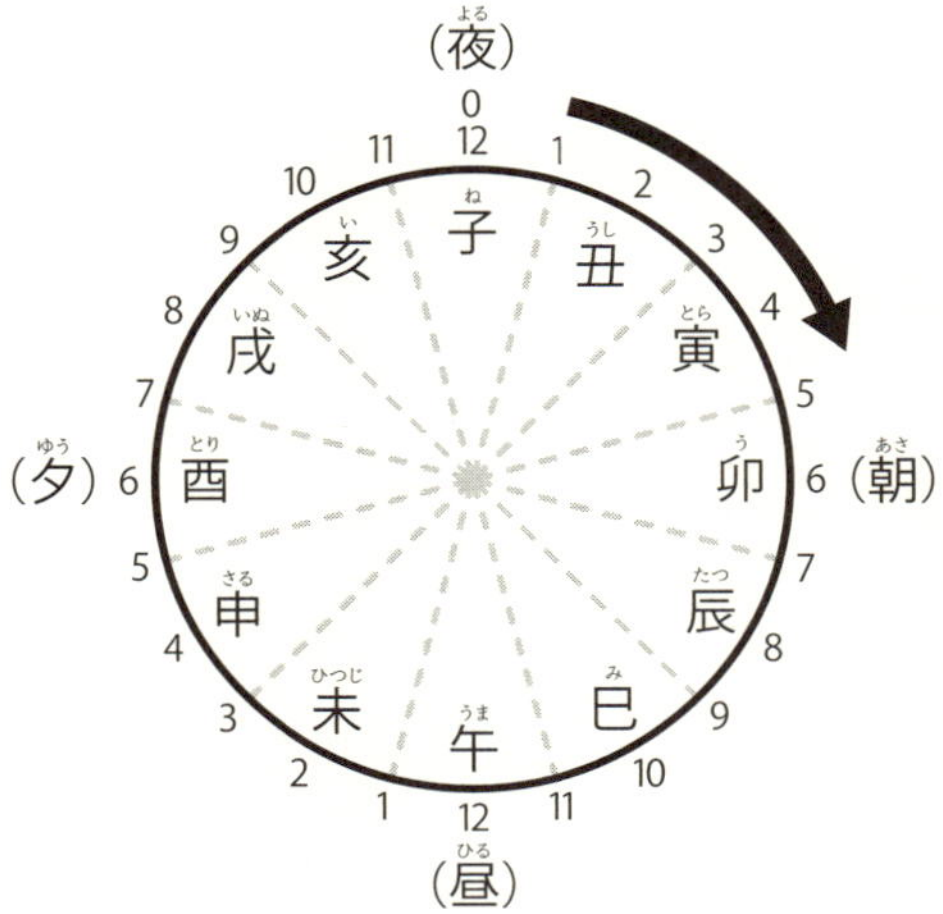

酉《とり》の刻《こく》は何時《なんじ》?

現在《げんざい》の午前《ごぜん》0時《じ》の前後《ぜんご》2時間《じかん》を「子《ね》の刻《こく》」とし、以下《いか》、丑《うし》、寅《とら》、卯《う》……と順《じゅん》に数《かぞ》えていくと「酉《とり》の刻《こく》」は夕《ゆう》方《がた》5時《じ》から7時《じ》ぐらいとなる。

アクロ
恐《きょう》怖《ふ》!!
終末《しゅうまつ》の大予言《だいよげん》[前編《ぜんぺん》]1

バティックサラサラ、出《しゅつ》現《げん》

4両編成《りょうへんせい》の電車《でんしゃ》が、山《やま》や田畑《たはた》が広《ひろ》がる自然豊《しぜんゆた》かな土地《とち》を走《はし》っていく。

田《た》んぼでは、黄金色《こがねいろ》の稲穂《いなほ》が風《かぜ》に吹《ふ》かれて揺《ゆ》れている。

花森小学校《はなもりしょうがっこう》に通《かよ》うマジメスギこと、杉田《すぎた》ハジメはドアの近《ちか》くに立《た》って窓《まど》の外《そと》を眺《なが》めていた。

この日《ひ》の夜《よる》は両親《りょうしん》が出《で》かけるので、隣町《となりまち》にあるおばあちゃんの家《いえ》で過《す》ごすのだ。

ハジメは、腕時計《うでどけい》をチラリと見《み》る。

（ずいぶん早《はや》く着《つ》いてしまいそうですね……。おばあちゃんが迎《むか》えに来《き》てくれるまで時間《じかん》をつぶすとしますか。近《ちか》くのショッピングセンターにある本屋《ほんや》か……無料《むりょう》で楽《たの》しめる足湯《あしゆ》コーナーも捨《す》てがたいですね）

ハジメは再《ふたた》び顔《かお》を上《あ》げて窓《まど》の外《そと》に広《ひろ》がる田園風景《でんえんふうけい》を見《み》た。夕方《ゆうがた》の空《そら》はどんよりと曇《くも》っていて、窓《まど》がポツポツと雨《あま》つぶで濡《ぬ》れはじめていた。

（……そういえば少《すこ》し前《まえ》に、この近《ちか》くで子《こ》どもを追《お》いかけ回《まわ》す不審者《ふしんしゃ》が出《で》たといううわさがありましたね）

電車《でんしゃ》の進行方向《しんこうほうこう》を見《み》ると、田《た》んぼと線路《せんろ》の間《あいだ》にある農道《のうどう》を歩《ある》く人《ひと》のうしろ姿《すがた》が小《ちい》さく目《め》に入《はい》った。

（あれ、あんなところに傘《かさ》もささずに歩《ある》く人《ひと》がいますね。女性《じょせい》でしょうか？）

うしろ姿《すがた》はだんだん大《おお》きくなる。真《ま》っ赤《か》なワンピースから真《ま》っ白《しろ》な腕《うで》がのぞき、ツバの広《ひろ》い真《ま》っ赤《か》な帽子《ぼうし》をかぶっていた。背《せ》は高《たか》く、長《なが》い髪《かみ》の毛《け》がひざのあたりまで伸《の》びている。

ハジメは妙《みょう》にその女《おんな》のことが気《き》になって、じっと目《め》で追《お》ってしまう。

足湯《あしゆ》
ひざから下《した》の足元《あしもと》の部分《ぶぶん》だけをお湯《ゆ》につける入浴《にゅうよく》の仕方《しかた》で、温泉地《おんせんち》や観光地《かんこうち》には無料《むりょう》で利《り》用《よう》できる施設《しせつ》が多《おお》くある。

電車《でんしゃ》の追《お》い抜《ぬ》きざまに急《きゅう》にハジメのほうに顔《かお》を向《む》けた女《おんな》は、まるで威嚇《いかく》するかのように長《なが》くするどい両手《りょうて》の爪《つめ》をつきたてて、大《おお》きく口《くち》を開《あ》けた。

ハジメはドキリとする。

見《み》てはいけないものを見《み》てしまったと感《かん》じ、あわてて窓《まど》に背《せ》を向《む》ける。

すぐに、電車《でんしゃ》はおばあちゃんの家《いえ》の最寄《もよ》り駅《えき》に着《つ》き、ハジメは電車《でんしゃ》を降《お》りた。小《ちい》さな駅《えき》だが、駅前《えきまえ》にはバスターミナルがあり、近《ちか》くには大型《おおがた》ショッピングセンターもある。連休最終日《れんきゅうさいしゅうび》の夕方《ゆうがた》を過《す》ぎ、小雨《こさめ》も降《ふ》っているせいで、駅《えき》には人《ひと》が少《すく》ない。

改札《かいさつ》に向《む》かうハジメの足《あし》は震《ふる》えていた……。

（さっき電車《でんしゃ》から見《み》えたあの女《おんな》の人《ひと》は、いったいなんだったのでしょうか？）

頭《あたま》の中《なか》は、赤《あか》いワンピースの女《おんな》のことでいっぱいだった。

ハジメは改札《かいさつ》を出《で》たところで息《いき》をのんで、立《た》ち止《ど》まる。

駅構内《えきこうない》のコインロッカーコーナーの片隅《かたすみ》に赤《あか》いワンピース姿《すがた》の人《ひと》が立《た》っていたのだ……。

（……まさか、さっきの女《おんな》の人《ひと》!?）

気《き》づかれないようにサッと様子《ようす》をうかがったが、女《おんな》はツバの広《ひろ》い帽子《ぼうし》を目深《まぶか》にかぶっていて、顔《かお》がハッキリとは見《み》えない。電車《でんしゃ》から見《み》たときは気《き》づかなかったが、あきらかに異様《いよう》なのは、その女《おんな》が裸足《はだし》だったことだ。

ハジメは直感的《ちょっかんてき》に危険《きけん》だと思《おも》い、目《め》を合《あ》わせないようにしながらショッピングセンターに向《む》かって歩《ある》きだす。

あわてるあまり足《あし》がもつれ、うしろを振《ふ》り返《かえ》ると、赤《あか》いワンピースの女《おんな》もゆっくり歩《ある》きだして、こちらに向《む》かってきた。

（え？　なぜ、ワタシのことを追《お》ってくるのですか!?）

ハジメはあわてて駅《えき》の連絡通路《れんらくつうろ》を歩《ある》き、大型《おおがた》ショッピングセンターの中《なか》へと入《はい》った。

店内《てんない》は広《ひろ》く、スーパーや、専門店《せんもんてん》がたくさん入《はい》っている。人《ひと》がまばらだった駅《えき》と同《おな》じく、客足《きゃくあし》は少《すく》ない。

なるべく女《おんな》から離《はな》れようと、すぐにエスカレーターに乗《の》って上《うえ》の階《かい》をめざした。

ショッピングセンターは吹《ふ》き抜《ぬ》けになっていて、エスカレーターからは広《ひろ》いフロアを見渡《みわた》すことができる。周囲《しゅうい》をキョロキョロと見回《みまわ》すが、女《おんな》の姿《すがた》は見《み》えなかった。

（……よかった。追《お》いかけられたと思《おも》ったのは、ワタシの勘違《かんちが》いだったのですね）

おばあちゃんとの待《ま》ち合《あ》わせの時間《じかん》まで、書店《しょてん》の学習参考書《がくしゅうさんこうしょ》コーナーで過《す》ごすことにした。

広《ひろ》い店内《てんない》にはたくさんの本《ほん》が並《なら》んでいる。客《きゃく》も少《すく》なく、静《しず》かだ。

ハジメはつぎつぎと参考書《さんこうしょ》を手《て》に取《と》る。

吹《ふ》き抜《ぬ》け
2階建《かいだ》て以上《いじょう》の建物《たてもの》で、下《した》の階《かい》の天井《てんじょう》と上《うえ》の階《かい》の床《ゆか》がなく、上下《じょうげ》の階《かい》がつながった空間《くうかん》になっている場所《ばしょ》のこと。

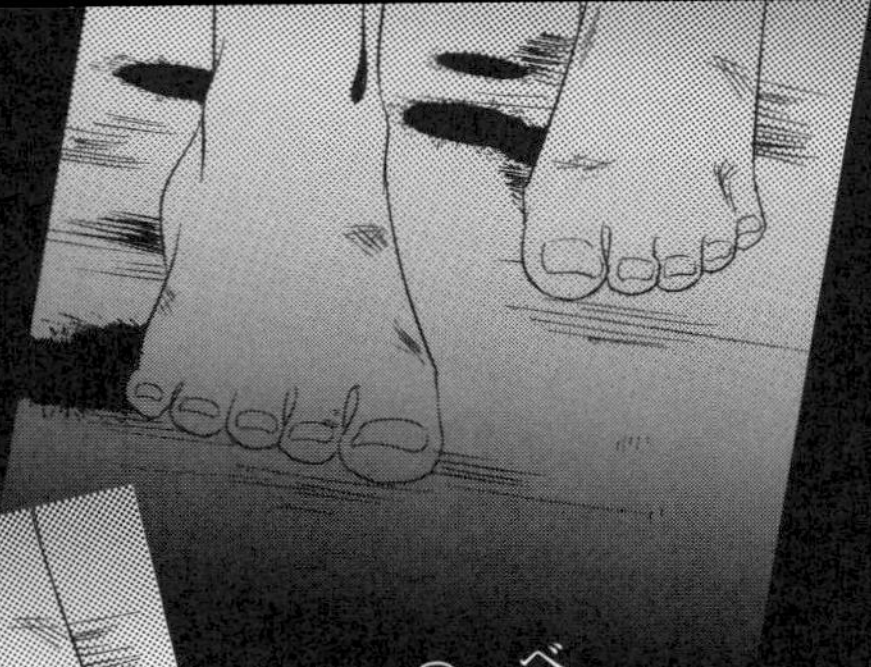

普段《ふだん》から、いろんな出版社《しゅっぱんしゃ》から出《で》ている参考書《さんこうしょ》を立《た》ち読《よ》みしては、違《ちが》いを比《くら》べるのが趣味《しゅみ》なのだ。

（……この新《あたら》しい出版社《しゅっぱんしゃ》の参考書《さんこうしょ》、読《よ》みやすくて、なかなかよくできていますね）

そのときだった。

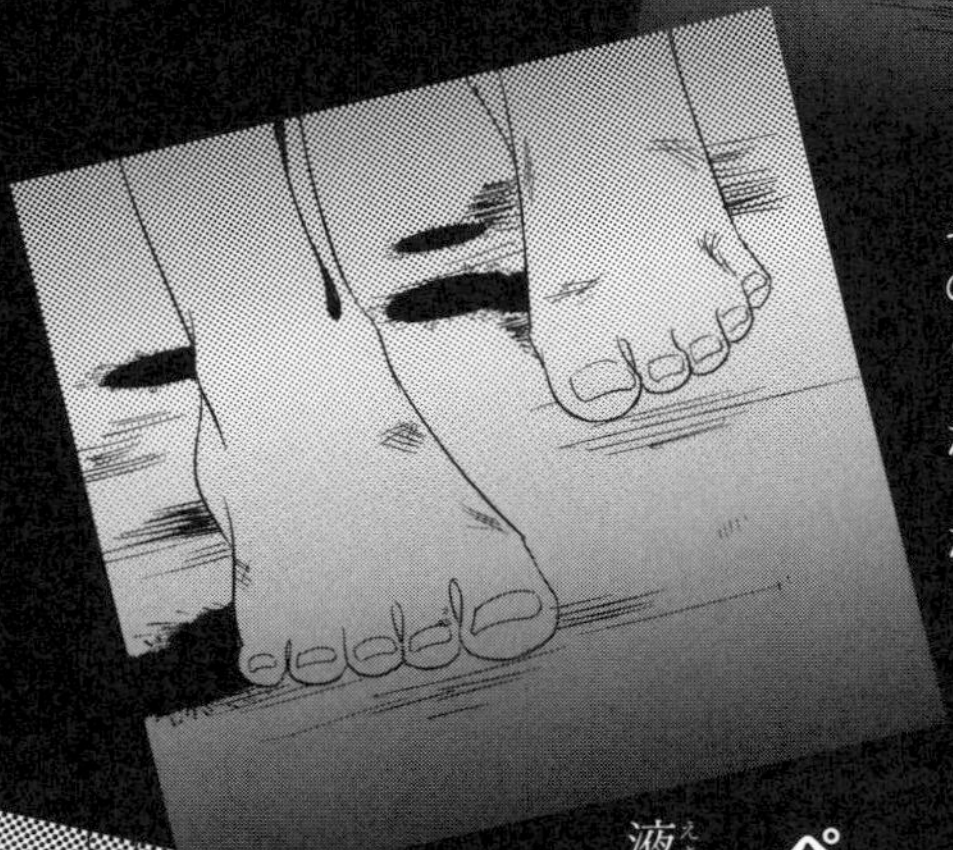

ペチャッ、ペチャペチャペチャッ

液体《えきたい》を踏《ふ》んだような足音《あしおと》がした。

ハジメはハッとして、足音《あしおと》のするほうへと視線《しせん》を移《うつ》す。

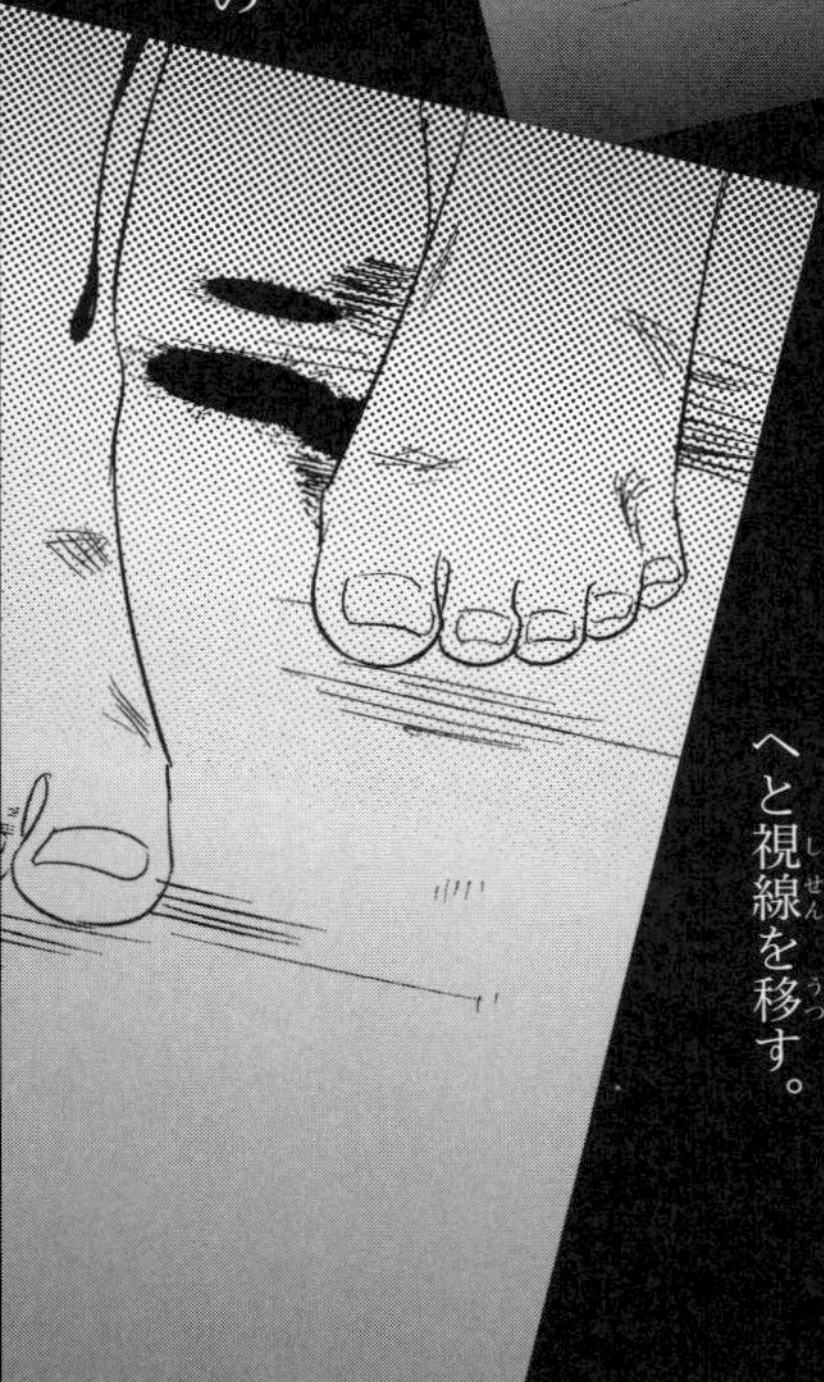

真《ま》っ白《しろ》で細《ほそ》い裸足《はだし》が、真《ま》っ赤《か》な血《ち》の

足《あし》あとをつけてこちらに向《む》かってきた。

「ヒッ!!!」

驚《おどろ》きで息《いき》が止《と》まる。ガタガタ震《ふる》えながら、ゆっくりと顔《かお》を上《あ》げると、赤《あか》いワンピースの女《おんな》がすぐ目《め》の前《まえ》に立《た》ち、こちらを見下《みお》ろしていた。

ツバの広《ひろ》い帽子《ぼうし》に隠《かく》れていた目《め》には眼球《がんきゅう》がなく、真《ま》っ黒《くろ》にくぼんでいる。

シャーーッ!!!

突如《とつじょ》、女《おんな》が口《くち》を大《おお》きく開《あ》け、ケモノのような声《こえ》でうなった！

「バッ、バケモノッ〜!!」

ハジメは悲鳴《ひめい》をあげ、書店《しょてん》コーナーから走《はし》って逃《に》げだす。

フロアにはデート中《ちゅう》の若《わか》いカップルやおじさんたちがいたが、会話《かいわ》や買《か》い物《もの》に夢中《むちゅう》で、こちらの様子《ようす》には気《き》づかない。

ハジメはフロアの隅《すみ》にエレベーターがあるのを見《み》つける。

（そうだ、早《はや》く1階《かい》に降《お》りて建物《たてもの》から出《で》よう）

急《いそ》いでエレベーターに乗《の》り込《こ》み、すぐさま1階《かい》の行《い》き先階《さきかい》ボタンと、ドアを閉《し》めるボタンを押《お》した。

ドアがゆっくりと閉《し》まりはじめる。

「閉《し》まるのが遅《おそ》すぎますっ！」

もどかしい思《おも》いでボタンを連打《れんだ》する。

ゆっくり閉《し》まるドアの隙間《すきま》から、赤《あか》いワンピースの女《おんな》がエレベーターを見《み》つけて向《む》かってくるのが見《み》えた。

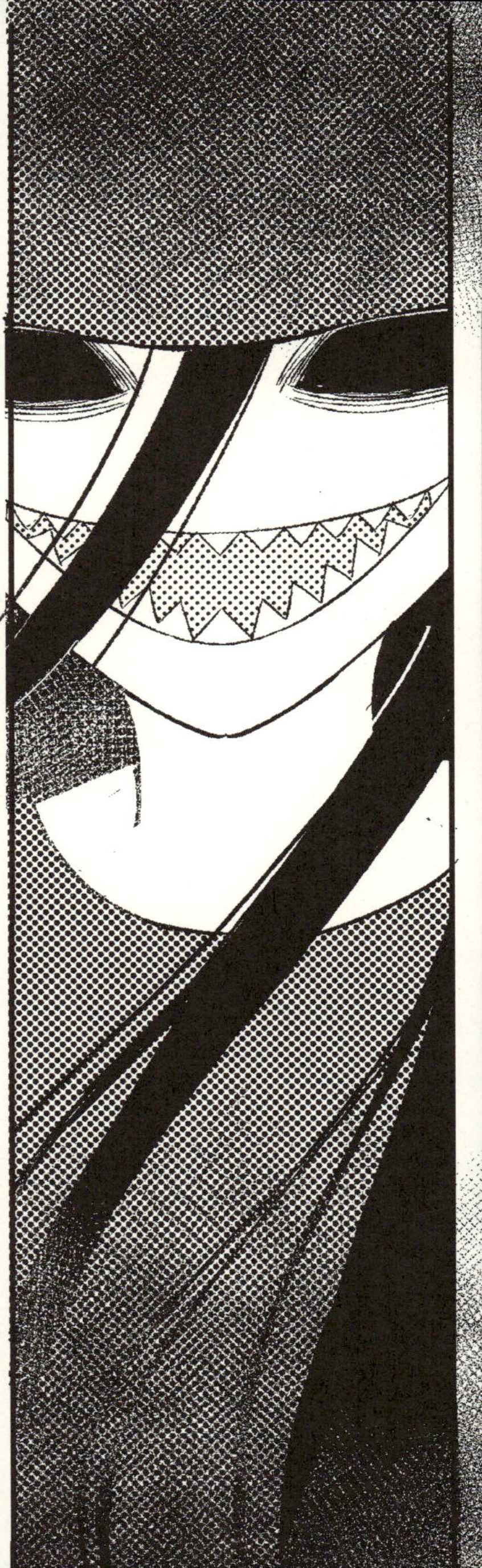

「早《はや》く早《はや》くっ!!!」

カチカチカチカチッ

ドアを閉《し》めるボタンをさらに連打《れんだ》する。
その間《あいだ》も、赤《あか》いワンピースの女《おんな》は歩《あゆ》みを速《はや》め、ズンズンとこちらへ向《む》かってくる。

ドアが完全《かんぜん》に閉《し》まり、エレベーターは1階《かい》へと降《お》りはじめた。

ハジメは力《ちから》が抜《ぬ》けてエレベーターの壁《かべ》にもたれかかり、目《め》をつぶって手《て》を合《あ》わせ、祈《いの》りはじめた。

「神様《かみさま》！　ワタシは勉強《べんきょう》が大好《だいす》きで、学校《がっこう》も休《やす》まず、どんなルールも守《まも》ってきたマジメな人《にん》間《げん》です。どーか、どーかワタシをお助《たす》けください!!」

1階《かい》のショッピングセンターの出入《でい》り口《ぐち》から外《そと》の駐車場《ちゅうしゃじょう》へと出《で》てきたハジメは、振《ふ》り返《かえ》って女《おんな》が追《お》ってきていないかを確認《かくにん》したが、姿《すがた》はもう見《み》えなかった。

「……神様《かみさま》、ありがとうございます！　なんとか逃《に》げきることができました!!」

ホッとしたのも束《つか》の間《ま》。

あの女《おんな》の叫《さけ》び声《ごえ》が、かすかに頭上《ずじょう》から聞《き》こえてきた。

ハジメはビクンッと体《からだ》をこわばらせて見上《みあ》げると、５階建《かいだ》てのショッピングセンターの屋《おく》上《じょう》で、何《なに》か赤《あか》いものが風《かぜ》で揺《ゆ》れていた。

「……え？」

ハジメが眼鏡《めがね》の両端《りょうはし》を指《ゆび》でクイッと持《も》ち上《あ》げて目《め》をこらすと、赤《あか》いワンピース姿《すがた》の人影《ひとかげ》が屋上《おくじょう》の柵《さく》の外《そと》に立《た》っているのが見《み》えた。

（なぜ、あの人《ひと》、あんなところに!?）

そう思《おも》った瞬間《しゅんかん》、その人影《ひとかげ》は前方《ぜんぽう》へ倒《たお》れるように屋上《おくじょう》から落《お》ちた。

（えっ!?　飛《と》び降《お》りた!!!）

サラサラとした長《なが》い黒髪《くろかみ》が一瞬《いっしゅん》ふわりと浮《う》いたあと、服《ふく》と髪《かみ》をバタバタバタッとなびかせながら、まっさかさまに落下《らっか》してくる。

次《つぎ》の瞬間《しゅんかん》、近《ちか》くにあった1階《かい》の足湯《あしゆ》コーナーの湯船《ゆぶね》へ、バサッと落《お》ちて水《みず》しぶきがあがった。

ハジメはぼうぜんと立《た》ちつくした。

(え、湯船《ゆぶね》の中《なか》に落《お》ちた!?　水《みず》の中《なか》とはいえ、あの高《たか》さから落《お》ちたら大《おお》ケガではすまないはず)

「ちょっとぉ……生《い》きていますか?」

かぼそい声《こえ》をかけながら、おそるおそる足湯《あしゆ》コーナーに近《ちか》づく。

足湯《あしゆ》に客《きゃく》はいなかったが、湯気《ゆげ》がたつ湯《ゆ》の中《なか》に、プカプカと赤《あか》いワンピースと赤《あか》い帽子《ぼうし》だけが浮《う》かんでいた。

湯船《ゆぶね》は底《そこ》が見《み》えるぐらい浅《あさ》く、どこにも女《おんな》の姿《すがた》は見《み》えない。

「……あれ?　消《き》えてしまいました」

ハジメは放心《ほうしん》したようにその場《ば》にペタンと座《すわ》り込《こ》んだ……。

数日後《すうじつご》、花森小学校《はなもりしょうがっこう》に通《かよ》う宮下健太《みやしたけんた》は、幼《おさな》なじみの青井美希《あおいみき》と下校《げこう》していた。

いつも一緒《いっしょ》にいる友人《ゆうじん》の謎野真実《なぞのしんじつ》は図書室《としょしつ》で読書《どくしょ》をしたいというので、先《さき》に2人《ふたり》で帰《かえ》ることにしたのだ。

美希《みき》が健太《けんた》に話《はな》しかける。

「ねえねえ、学校新聞《がっこうしんぶん》の特《とく》ダネになりそうな話《はなし》を聞《き》いたんだ。塾《じゅく》で一緒《いっしょ》の隣町《となりまち》の子《こ》が言《い》ってたんだけど。隣町《となりまち》では最近《さいきん》、子《こ》どもをおどかして追《お》いかけ回《まわ》す不審者《ふしんしゃ》が出没《しゅつぼつ》するんだって！」

「え～、怖《こわ》いなぁ……追《お》いかけてくるの？」

「うん。目《め》が合《あ》うと、すばやい動《うご》きで追《お》いかけてきたり、高《たか》いビルの上《うえ》からジャンプして飛《と》び降《お》りたりするんだって！　真《ま》っ赤《か》なワンピース姿《すがた》で、黒髪《くろかみ》のサラサラ

したロングヘアの、たぶん女《おんな》の人《ひと》だと思《おも》うんだけど」

健太《けんた》は、ふと何《なに》かに思《おも》い当《あ》たる。

「ぼく、思《おも》ったんだけどさ……それってアクロバティックサラサラじゃない？」

美希《みき》はキョトンとしていたが、急《きゅう》に笑《わら》いだす。

「ヤダ、ハハハ！　なーんだ、都市伝説《としでんせつ》の話《はなし》かあ。敏腕記者《びんわんきしゃ》として名《な》をとどろかせたわたしとしたことが、そんな作《つく》り話《ばなし》にひっかかるなんて、恥《は》ずかしいわ」

「……でも、本当《ほんとう》にアクロバティックサラサラが出《で》たのかな？」

「じゃあわたしは塾《じゅく》に行《い》くけど、マジメスギくんにお大事《だいじ》にと言《い》っといてね～」

美希《みき》はそう言《い》って帰《かえ》っていった。

健太《けんた》はこのあと、体調不良《たいちょうふりょう》で学校《がっこう》を休《やす》んだハジメに宿題《しゅくだい》を届《とど》けに行《い》くことにしていたのだ。

ハジメの家《いえ》に向《む》かう途中《とちゅう》には公園《こうえん》があり、健太《けんた》は近道《ちかみち》するために公園《こうえん》の中《なか》を横切《よこぎ》ることにした。

(マジメスギくんが学校《がっこう》を休《やす》むなんてめずらしい。ずっと無遅刻《むちこく》、無欠席《むけっせき》だったのに)

健太《けんた》はひとけのない公園《こうえん》を歩《ある》いているうちに、急《きゅう》に怖《こわ》くなってきた。

(美希《みき》ちゃんは作《つく》り話《ばなし》って笑《わら》ってたけど、隣町《となりまち》に現《あらわ》れるアクロバティックサラサラが、もし花森町《はなもりちょう》にも来《き》てたら……)

健太《けんた》は想像《そうぞう》して、ブルブルッと少《すこ》し震《ふる》えた。

そのときだった。

「すみません」

背後《はいご》から突然《とつぜん》、声《こえ》をかけられた。健太《けんた》はビクンッとして、すぐさま振《ふ》り返《かえ》る。

そこには赤《あか》いトレンチコート姿《すがた》で、黒《くろ》くて長《なが》い髪《かみ》の人《ひと》が立《た》っていた。


「ぎょえーー、出《で》たーッ!!!」


健太《けんた》は絶叫《ぜっきょう》して、走《はし》りだした。

女《おんな》もダッシュして、ピッタリと健太《けんた》の横《よこ》についてくる。

「やっぱり素早《すばや》い! でも絶対《ぜったい》に目《め》を合《あ》わせちゃダメだ」

健太《けんた》はうつむきながら必死《ひっし》に走《はし》る。
並《なら》んだ鉄棒《てつぼう》の間《あいだ》をジグザグに走《はし》ったり、すべり台《だい》の階段《かいだん》の下《した》をくぐり抜《ぬ》けたりして逃《に》げた。

「ちょっと待《ま》ってください！」

赤《あか》いコートの人物《じんぶつ》は、すべり台《だい》をダダダッと一気《いっき》に駆《か》け上《あ》がると、頂上《ちょうじょう》からジャンプし、スタッ！と健太《けんた》の前《まえ》に着地《ちゃくち》した。

健太《けんた》は身《み》のこなしの華麗《かれい》さに驚《おどろ》き、立《た》ち止《ど》まってしまう。

「もうダメだ。このアクロバティックな動《うご》きは、完全《かんぜん》にアクロバティックサラサラ！ でも、目《め》さえ合《あ》わせなければ大丈夫《だいじょうぶ》なはず」

健太《けんた》は目《め》をつぶったままうつむき、ブツブツとしゃべり続《つづ》ける。

「驚《おどろ》かせて申《もう》し訳《わけ》ありません！ この名札《なふだ》を落《お》とされたのであります！」

「……へ??」

健太《けんた》はおびえながら、ゆっくりと目《め》を開《あ》ける。

「……アクロバティックサラサラなら、目《め》の部分《ぶぶん》が真《ま》っ黒《くろ》なはずだけど」

赤《あか》いコートの人物《じんぶつ》は眼鏡《めがね》をかけていて、優《やさ》しそうな目《め》つきでこちらを見《み》ていた……。

その人物《じんぶつ》は健太《けんた》に名札《なふだ》を差《さ》し出《だ》して、何《なに》かに気《き》づく。

「宮下《みやした》……まさか、あなたは謎野真実《なぞのしんじつ》さまのお友達《ともだち》の、宮下健太《みやしたけんた》さまでありますか⁉」

翌日《よくじつ》、健太《けんた》は、ある人物《じんぶつ》との極秘《ごくひ》の待《ま》ち合《あ》わせとだけ伝《つた》えて、真実《しんじつ》と美希《みき》を連《つ》れ出《だ》した。

3人《にん》は花森警察署《はなもりけいさつしょ》の前《まえ》にたどりつく。

「ここ警察署《けいさつしょ》じゃん。え、健太《けんた》くん、何《なに》か悪《わる》いことでもしたの⁉」

美希《みき》は大《おお》きな声《こえ》をあげた。

「違《ちが》うよ、ぼくは何《なに》もしてないから！　あ、来《き》た来《き》た、尾狩刑事《おかるけいじ》だ！」

警察署《けいさつしょ》の中《なか》から、長《なが》い黒髪《くろかみ》で、すらりとした長身《ちょうしん》のスーツ姿《すがた》の人物《じんぶつ》がやってくる。

「健太《けんた》さん、昨日《きのう》は驚《おどろ》かせてしまって申《もう》し訳《わけ》ありませんでした！」

そう言《い》って健太《けんた》に深々《ふかぶか》と頭《あたま》を下《さ》げた。

健太《けんた》がその人物《じんぶつ》を美希《みき》と真実《しんじつ》に紹介《しょうかい》する。

「こちら、刑事《けいじ》の尾狩《おかる》トモミさん」

「け、刑事《けいじ》さん??」

美希《みき》は驚《おどろ》きの声《こえ》をあげ、刑事《けいじ》という言葉《ことば》にピシッと姿勢《しせい》をただす。

「昨日《きのう》、マジメスギくんの家《いえ》に行《い》く途中《とちゅう》に声《こえ》をかけられて、話《はな》したんだ。それで結局《けっきょく》、宿題《しゅくだい》は届《とど》けられずじまいだったんだけど」

尾狩刑事《おかるけいじ》は胸《むね》ポケットから警察手帳《けいさつてちょう》を出《だ》し、美希《みき》と真実《しんじつ》に見《み》せる。

「健太《けんた》さんからのご説明《せつめい》はまだでしたか。青井美希《あおいみき》さま、謎野真実《なぞのしんじつ》さま、本日《ほんじつ》はご足労《そくろう》いただきまして誠《まこと》にありがとうございます！　わたくし、刑事課《けいじか》に所属《しょぞく》する尾狩《おかる》トモミと申《もう》します」

尾狩刑事《おかるけいじ》は丁寧《ていねい》におじぎした。

刑事課《けいじか》
警察《けいさつ》の部署《ぶしょ》の一《ひと》つで、殺人《さつじん》や傷害《しょうがい》、窃盗《せっとう》、詐欺《さぎ》など刑《けい》事事件《じじけん》の捜査《そうさ》を担《にな》う。

健太《けんた》たちは尾狩刑事《おかるけいじ》に案内《あんない》されて、警察署《けいさつしょ》の中《なか》に入《はい》った。

尾狩刑事《おかるけいじ》のデスクがある部屋《へや》へと向《む》かう途中《とちゅう》、立《た》ち話《ばなし》をしていた白髪《しらが》まじりの年配刑事《ねんぱいけいじ》たちが声《こえ》をかけてくる。

「おい、オカルト刑事《デカ》。昨日《きのう》の資料《しりょう》１００部《ぶ》コピーしといてくれ」

「はい、かしこまりました！」

尾狩刑事《おかるけいじ》は丁寧《ていねい》におじぎして、再《ふたた》び歩《ある》きだす。

「……若手《わかて》のホープといわれたアイツも、今《いま》じゃ雑用係《ざつようがかり》だ」

「残念《ざんねん》だが、こっちに戻《もど》って来《こ》られるかはアイツ次第《しだい》だよなあ」

これみよがしに話《はな》す声《こえ》が聞《き》こえてきた。

健太《けんた》、美希《みき》、真実《しんじつ》の３人《にん》は気《き》になって、先頭《せんとう》を歩《ある》く尾狩刑事《おかるけいじ》を見《み》たが、聞《き》こえていないのか、平然《へいぜん》とした顔《かお》で歩《ある》いている。

「どうぞ、こちらへ。狭《せま》い場所《ばしょ》で、たいへん恐縮《きょうしゅく》であります！」

尾狩刑事《おかるけいじ》は気《き》まずそうに、自分《じぶん》のデスクがある資料室《しりょうしつ》の中《なか》へと案内《あんない》してくれた。

薄暗《うすぐら》くて窓《まど》も少《すく》なく、資料《しりょう》の入《はい》った棚《たな》がたくさん並《なら》んでいた。

健太《けんた》たちは、一角《いっかく》にある応接《おうせつ》コーナーに案内《あんない》される。ガムテープで補修《ほしゅう》された古《ふる》くてボロボロのソファと、資料《しりょう》が山積《やまづ》みされたテーブルが置《お》かれていた。

「……こんなとこに尾狩刑事《おかるけいじ》さんはいつもいるの？　なんだか物置部屋《ものおきべや》みたいじゃない？」

美希《みき》はつぶやいた。

健太《けんた》もうなずき、雑然《ざつぜん》とした部屋《へや》を見回《みまわ》した。

尾狩刑事《おかるけいじ》は水《みず》の入《はい》ったペットボトルを健太《けんた》たちに配《くば》ると、大《おお》きな地図《ちず》を持《も》ってきてテーブルに広《ひろ》げた。

「危機的状況《ききてきじょうきょう》で一刻《いっこく》の猶予《ゆうよ》もありません。失礼《しつれい》ながら、ただちに説明《せつめい》へと入《はい》らせていただきます。最近《さいきん》、近隣《きんりん》の地域《ちいき》で妖怪《ようかい》のような人物《じんぶつ》の目撃情報《もくげきじょうほう》が相次《あいつ》いでいます。ここにチェックしてあるのは事件《じけん》が起《お》きた場所《ばしょ》です」

地図《ちず》には花森町《はなもりちょう》や隣町《となりまち》など数《すう》カ所《しょ》に×印《じるし》がつけられている。

「これらの不可思議事件《ふかしぎじけん》に巻《ま》き込《こ》まれているのは子《こ》どもたちばかりです。さらに、複数《ふくすう》の子《こ》どもの行方《ゆくえ》がわからなくなっています。実《じつ》は、わたくしの妹《いもうと》も現在《げんざい》、行方不明《ゆくえふめい》なのです」

「え……尾狩《おかる》刑事《けいじ》さんの妹《いもうと》さんが行方不明《ゆくえふめい》??!」

健太《けんた》が声《こえ》をあげる。

「はい。まだ確証《かくしょう》はありませんが、わたくしは子《こ》どもたちの失踪《しっそう》と多発《たはつ》する不可思議《ふかしぎ》事件《じけん》は関連《かんれん》していて、妹《いもうと》も何《なに》かに巻《ま》き込《こ》まれたとふんでおります」

尾狩刑事《おかるけいじ》は年《とし》が離《はな》れた小学《しょうがく》6年生《ねんせい》の妹《いもうと》、尾狩《おかる》アリスの写真《しゃしん》を健太《けんた》たちに見《み》せた。

白《しろ》いヘアバンドをしたくせ毛《げ》がチャームポイントの華奢《きゃしゃ》な少女《しょうじょ》だ。

そして、行方不明《ゆくえふめい》になったいきさつを語《かた》り始《はじ》める。

「3カ月前《げつまえ》、アリスは出《で》かけたまま夜《よる》になっても帰《かえ》ってこず、行方不明《ゆくえふめい》になりました。アリスのクラスメートにも話《はなし》を聞《き》きましたが、誰《だれ》も行方《ゆくえ》を知《し》りませんでした。しかし、妖怪《ようかい》の目撃情報《もくげきじょうほう》があった場所《ばしょ》の周辺《しゅうへん》で聞《き》き込《こ》みをすると、どうやら妹《いもうと》はそのうちの何《なん》カ所《しょ》かを訪《たず》ねていたようなのです」

「アリスちゃんは不思議《ふしぎ》なことに興味《きょうみ》があったんですか？」

健太《けんた》は前《まえ》のめりになってたずねた。

「今《いま》になって思《おも》えば、行方不明《ゆくえふめい》になる少《すこ》し前《まえ》から、急《きゅう》にそうした話《はなし》をするようになりました。それまで妹《いもうと》は不可思議《ふかしぎ》なものとか、全然《ぜんぜん》、信《しん》じない子《こ》だったのですが」

美希《みき》は疑問《ぎもん》に思《おも》って口《くち》を開《ひら》いた。

「急《きゅう》に、ですか。怪談《かいだん》やホラー映画《えいが》が好《す》きだったとかは？」

「いいえ。むしろ、そういうものは非科学的《ひかがくてき》だと言《い》っていました」

「まるで真実《しんじつ》くんみたいな口《くち》ぶりだね」

美希《みき》が言《い》った。

アリスは家《いえ》で本《ほん》を読《よ》むのが好《す》きなおとなしい子《こ》だったが、以来《いらい》、外出《がいしゅつ》が増《ふ》えたという。

結局《けっきょく》、警察《けいさつ》では自発的《じはってき》な家出《いえで》だと判断《はんだん》されたのだ。

「しかし、わたくしは納得《なっとく》できず、妹《いもうと》の行方《ゆくえ》を捜《さが》し続《つづ》けました。そこで妖怪《ようかい》の出現情報《しゅつげんじょうほう》に行《い》き着《つ》いて、不可思議《ふかしぎ》な事件《じけん》ばかりを追《お》うようになりました。初《はじ》めは妹《いもうと》の失踪《しっそう》に同情《どうじょう》していた同僚《どうりょう》からも、いつしか愛想《あいそ》をつかされて敬遠《けいえん》されるようになりました。今《いま》ではわたくしの名《な》前《まえ》からオカルト刑事《デカ》というニックネームがつき、資料室《しりょうしつ》にデスクを移動《いどう》され、刑事課《けいじか》の雑用《ざつよう》係《がかり》をやっております」

「……そんな、妹《いもうと》さんが行方不明《ゆくえふめい》になったうえに、仕事場《しごとば》でもそんなあつかいを受《う》けるなんて、ひどすぎるよ」

健太《けんた》は同情《どうじょう》した。

「健太《けんた》さん、優《やさ》しいお心《こころ》づかいありがとうございます。しかし、アリスの行方《ゆくえ》や不可思議《ふかしぎ》事《じ》件《けん》を追《お》うには、今《いま》の立場《たちば》が好都合《こうつごう》なのであります。あなたがたにお声《こえ》がけしたのは、謎野《なぞの》真実《しんじつ》さんのたぐいまれなる洞察力《どうさつりょく》と科学知識《かがくちしき》を軸《じく》に、宮下健太《みやしたけんた》さん、青井美希《あおいみき》さんとのすばらしいチームワークで、これまでさまざまな事件《じけん》を解決《かいけつ》してきたとお聞《き》きしたからです」

「そうですか、警察《けいさつ》にもわたしたちの評判《ひょうばん》が届《とど》いていましたか。いやぁ、照《て》れちゃいますねぇ」

美希《みき》はまんざらでもなさそうに笑《わら》う。

「はい、評判《ひょうばん》はかねがねうかがっております。なぜ子《こ》どもばかりを狙《ねら》った不可思議事件《ふかしぎじけん》が多発《たはつ》しているのか、同年代《どうねんだい》であるあなたがたなら、何《なに》かつきとめられると思《おも》うのです。どうか、わたくしに力《ちから》を貸《か》していただけないでしょうか！」

尾狩刑事《おかるけいじ》はそう言《い》って勢《いきお》いよく頭《あたま》を下《さ》げた。

カラン、カラン

その勢《いきお》いで、尾狩刑事《おかるけいじ》の眼鏡《めがね》が床《ゆか》に落《お》ちて転《ころ》がっていった。

「そんな、尾狩刑事《おかるけいじ》、頭《あたま》を上《あ》げてください！」

健太《けんた》はそう言《い》って、落《お》ちた眼鏡《めがね》を拾《ひろ》う。

「眼鏡《めがね》、大丈夫《だいじょうぶ》ですか？」

「はい。レンズはプラスチックで、フレームは形状記憶合金《けいじょうきおくごうきん》でできておりますので、曲《ま》がっても元《もと》の形《かたち》に戻《もど》ります」

尾狩刑事《おかるけいじ》に眼鏡《めがね》を渡《わた》しながら、健太《けんた》は美希《みき》と真実《しんじつ》を見《み》た。

「ぼくは子《こ》どもたちが被害《ひがい》にあっているのは放《ほう》っておけないと思《おも》ったけど、美希《みき》ちゃんと真《しん》

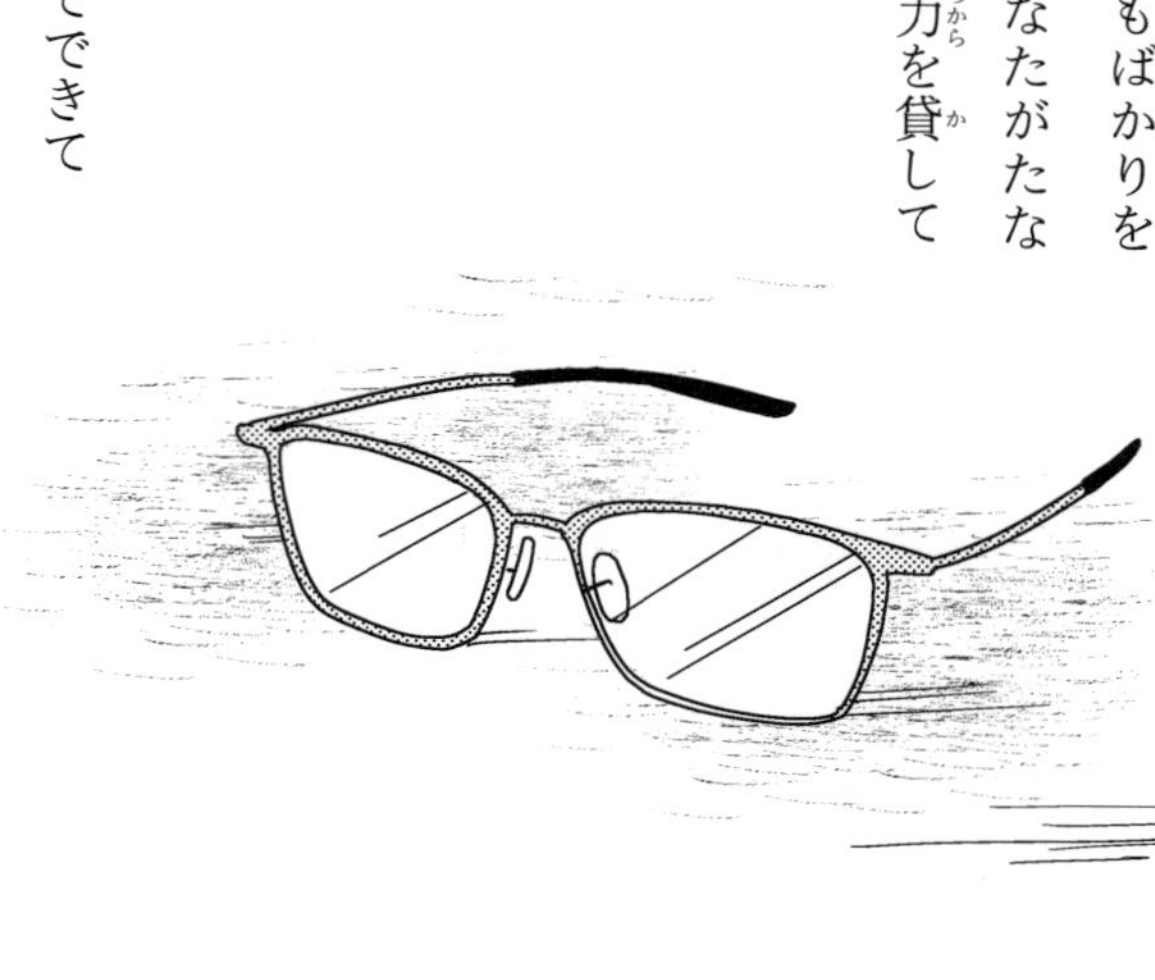

実《じっ》くんはどう？」

美希《みき》はあふれてくる好奇心《こうきしん》をおさえられない様子《ようす》だ。

「わかりました。わたしの取材《しゅざい》できたえた聞《き》き込《こ》みで、事件《じけん》の真相《しんそう》にせまってみせます！」

話《はなし》を聞《き》いていた真実《しんじつ》も静《しず》かに口《くち》を開《ひら》く。

「多発《たはつ》する事件《じけん》の裏《うら》には、何《なに》かナゾが隠《かく》されていそうですね。ぼくでよろしければ、お手伝《てつだ》いいたします」

尾狩刑事《おかるけいじ》はふたたび深々《ふかぶか》と頭《あたま》を下《さ》げた。

「ありがとうございます!!」

尾狩刑事《おかるけいじ》の目《め》にはうっすらと涙《なみだ》がにじんでいた。

尾狩刑事《おかるけいじ》は真実《しんじつ》たちとあらためて、今後《こんご》の計画《けいかく》を練《ね》った。

「アリスが行方不明《ゆくえふめい》になる何週間《なんしゅうかん》か前《まえ》のことです。ある日《ひ》、家《いえ》で仕事《しごと》しているとアリスが何《なに》やら都市伝説《としでんせつ》についてうれしそうに話《はな》しかけてきました。しかし、わたくしは忙《いそが》しくてそれどころではなく、聞《き》き流《なが》してしまいました。はっきりとは覚《おぼ》えていないのですが、たしかサラサラがどうとかと言《い》っていたのを思《おも》い出《だ》しました」

「サラサラって、もしかしてアクロバティックサラサラのことですか？」

「はい、健太《けんた》さん。おそらくそうだと思《おも》います。赤《あか》いワンピースを着《き》ているという……。あ、初《はじ》めて健太《けんた》さんとお会《あ》いした日《ひ》、わたくしが母《はは》の赤《あか》いコートを着《き》ていたせいで驚《おどろ》かせてしまい、申《もう》し訳《わけ》ありませんでした！」

尾狩刑事《おかるけいじ》がまた深《ふか》く頭《あたま》を下《さ》げたので、健太《けんた》はあわてて止《と》めた。

「あ、最近《さいきん》もアクロバティックサラサラのうわさ、聞《き》きました！　でもわたし、アクロバティックサラサラについてあまりくわしくないかも」

美希《みき》がそう言《い》うと、尾狩刑事《おかるけいじ》がメモ帳《ちょう》を見《み》ながらあらためてアクロバティックサラサラについて説明《せつめい》する。

「福島県《ふくしまけん》の市街地《しがいち》に神出鬼没《しんしゅつきぼつ》に現《あらわ》れるとされる妖怪《ようかい》です。２００８年《ねん》ごろからネット上《じょう》で語《かた》られはじめました。赤《あか》いワンピース姿《すがた》で、ツバの広《ひろ》い赤《あか》い帽子《ぼうし》をかぶり、裸足《はだし》だといいます。背《せ》がとても高《たか》く、長《なが》くサラサラした黒髪《くろかみ》で、口《くち》が大《おお》きく、目《め》には眼球《がんきゅう》がなく、真《ま》っ黒《くろ》にへこんでいるといわれています」

健太《けんた》はその姿《すがた》を想像《そうぞう》して、ゾッとした。

尾狩刑事《おかるけいじ》は続《つづ》ける。

「ターゲットは、子《こ》どもたちです。しつこく追《お》いかけて、最後《さいご》にはさらってしまうこともあるといわれています。またビルとビルの間《あいだ》をジャンプして渡《わた》ったり、ビルから落下《らっか》して消《き》えたり、身《み》のこなしが非常《ひじょう》にアクロバティックなことも特徴《とくちょう》です」

「あ〜、それでアクロバティックサラサラなんだ」

美希《みき》も納得《なっとく》してうなずいた。

尾狩刑事《おかるけいじ》の話《はなし》を聞《き》いて、不思議《ふしぎ》な話《はなし》が好《す》きな健太《けんた》の血《ち》も騒《さわ》ぐ。

「アクロバティックサラサラには、モデルになった人《ひと》がいるって言《い》われているんですよね!?」

「はい。真偽《しんぎ》のほどはさだかではありませんが、かつて福島市内《ふくしましない》のビルで、女性《じょせい》が靴《くつ》をぬいで屋上《おくじょう》から飛《と》び降《お》り自殺《じさつ》し、着《き》ていた白《しろ》いワンピースは血《ち》で真《ま》っ赤《か》に染《そ》まったといいます。悲《かな》しいことに女性《じょせい》は子《こ》どもを身《み》ごもっていたとも、赤子《あかご》を抱《だ》いていたともいわれています。そのビルには女性《じょせい》の幽霊《ゆうれい》が出《で》るようになり、やがてビルも取《と》り壊《こわ》されたといわれています」

美希《みき》は驚《おどろ》く。

「そんな悲《かな》しい背景《はいけい》があったなんて……」

「福島《ふくしま》で出没《しゅつぼつ》していたとされるアクロバティックサラサラが、最近《さいきん》、このあたりでも目撃《もくげき》されるようになりました。わたくしは、隣町《となりまち》に向《む》かうつもりです。ぜひ、みなさんもご同行《どうこう》いただけませんでしょうか？」

美希《みき》と健太《けんた》はたがいに顔《かお》を見合《みあ》わせて、うなずいた。

「もちろん行《い》きます!!」

美希《みき》が真《ま》っ先《さき》に大《おお》きな声《こえ》で返事《へんじ》した。

真実《しんじつ》も、ゆっくりとうなずく。

「興味深《きょうみぶか》い謎《なぞ》ですね。ぼくもご一緒《いっしょ》します」

翌日《よくじつ》、真実《しんじつ》、健太《けんた》、美希《みき》の3人《にん》は尾狩刑事《おかるけいじ》と一緒《いっしょ》に、花森町《はなもりちょう》近《ちか》くの田舎町《いなかまち》にやってきた。

この町《まち》では最近《さいきん》、アクロバティックサラサラの目撃情報《もくげきじょうほう》が増《ふ》えているというのだ。

尾狩刑事《おかるけいじ》は、この町《まち》の交番《こうばん》に知《し》り合《あ》いがいると言《い》って話《はなし》を聞《き》きに行《い》った。

その間《あいだ》に3人《にん》は、子《こ》どもたちが集《あつ》まる公園《こうえん》に行《い》って、小学生《しょうがくせい》の何人《なんにん》かに話《はなし》を聞《き》いてみることにした。

美希《みき》はジャングルジムで遊《あそ》んでいた小学生《しょうがくせい》のグループに声《こえ》をかけた。

「ちょっと、アクロバティックサラサラについて話《はなし》を聞《き》きたいんですけど、何《なに》かうわさとか聞《き》いたことありますか?」

「え、アクロバティックサラサラについて話《はな》すの?? ぼく、ヤだよ」

ほかの子《こ》どもたちにも声《こえ》をかけたが、アクロバティックサラサラという言葉《ことば》を聞《き》くと、みんな急《きゅう》に顔色《かおいろ》を変《か》えて去《さ》ってしまう。

「……なんで、みんな逃《に》げちゃうんだろ?」

健太《けんた》は不思議《ふしぎ》そうに首《くび》をかしげた。

その後《ご》、話《はなし》を聞《き》いた小学《しょうがく》5年生《ねんせい》の少女《しょうじょ》が理由《りゆう》を教《おし》えてくれた。

「みんな、あまり話《はな》したくないに決《き》まっているよ。だって、うわさしていた子《こ》が帰《かえ》り道《みち》に襲《おそ》われたとかって聞《き》いたもん。アクサラはどこにいるか、どこに現《あらわ》れるかわかんないんだよ。

いま話《はな》してるとこも、どっかで見《み》てて、目《め》をつけられちゃうかもしれないでしょ」

少女《しょうじょ》はそう言《い》うと、そそくさと公園《こうえん》から去《さ》った。

「結局《けっきょく》、有力《ゆうりょく》な情報《じょうほう》は聞《き》けずじまいかぁ。困《こま》ったね」

美希《みき》は、そう言《い》って頭《あたま》をかいた。

黙《だま》って聞《き》いていた真実《しんじつ》が口《くち》を開《ひら》く。

「この町《まち》では、アクロバティックサラサラは単《たん》なるうわさではなく、もはや身近《みぢか》な危険《きけん》として認識《にんしき》されているんだろうね」


地元警察《じもとけいさつ》との話《はなし》を終《お》えた尾狩刑事《おかるけいじ》が戻《もど》ってきて、真実《しんじつ》たちに合流《ごうりゅう》した。

「お待《ま》たせしました！　警察学校《けいさつがっこう》で同期《どうき》だった友人《ゆうじん》が近《ちか》くの交番《こうばん》に勤《つと》めていたので情報《じょうほう》を聞《き》き出《だ》してきました。つい先日《せんじつ》もショッピングセンターで赤《あか》いワンピースを着《き》た女《おんな》の目撃情報《もくげきじょうほう》があったそうです」


「え、最近《さいきん》も出没《しゅつぼつ》したんですか⁉」

健太《けんた》が声《こえ》をあげた。

「はい。被害《ひがい》をうったえていた少年《しょうねん》がいたのですが、警察《けいさつ》は取《と》り合《あ》わなかったそうであります。その少年《しょうねん》の情報《じょうほう》を入手《にゅうしゅ》しました。今《いま》から話《はなし》を聞《き》きに行《い》きましょう。名前《なまえ》は、杉田《すぎた》ハジメくんといって小学《しょうがく》6年生《ねんせい》の男《おとこ》の子《こ》だそうです」


「え、マジメスギ!?」


健太《けんた》と美希《みき》は同時《どうじ》に声《こえ》をあげた。

「あれ、健太《けんた》さんたちのお知《し》り合《あ》いなのですか?」

尾狩刑事《おかるけいじ》は驚《おどろ》いて声《こえ》をあげた。


尾狩刑事《おかるけいじ》に連《つ》れられて、健太《けんた》たちはハジメが滞在《たいざい》するおばあちゃんの家《いえ》に会《あ》いに行《い》った。

ハジメはびっくりした顔《かお》で尾狩刑事《おかるけいじ》と真実《しんじつ》たちを出迎《でむか》えた。

その髪《かみ》は寝癖《ねぐせ》がついていて、顔色《かおいろ》もよくない。

「刑事《けいじ》さんから電話《でんわ》があったけど、なぜ健太《けんた》くんたちまでやってきたのですか!?」

おばあちゃんは買《か》い物《もの》に出《で》かけていたので、尾狩刑《おかるけい》事《じ》がハジメに理由《りゆう》を説明《せつめい》して、玄関《げんかん》で話《はなし》を聞《き》くことになった。

ハジメは、アクロバティックサラサラを目撃《もくげき》したショックで寝《ね》込《こ》んでしまい、外《そと》に出《で》るのも怖《こわ》くなって、おばあちゃんの家《いえ》に引《ひ》きこもっていたのだ。

「こないだ、杉田《すぎた》くんの家《うち》に宿題《しゅくだい》を届《とど》けに行《い》こうと思《おも》ったんだけど、ずっとおばあちゃんのところで休《やす》んでいたんだね。そんな怖《こわ》い目《め》にあってたなら、ぼくたちに相談《そうだん》してくれればよかったのに」

健太《けんた》はハジメに同情《どうじょう》して言葉《ことば》をかけた。

「あんまりアクロバティックサラサラのことをベラベラしゃべったら、呪《のろ》われたり、連《つ》れ去《さ》られたりするかもしれないじゃないですか……。それでも警察《けいさつ》には相談《そうだん》しました

が……まともに相手《あいて》にされませんでした」

ハジメはそう言《い》って、今《いま》にも泣《な》きだしそうだ。

尾狩刑事《おかるけいじ》は、すまなさそうな顔《かお》をした。

「申《もう》し訳《わけ》ありません。しかし、わたくしは、杉田《すぎた》さんのお話《はなし》をちゃんと聞《き》きたいと思《おも》って、本日《ほんじつ》うかがいました」

「もう怖《こわ》がらなくていいよ。安心《あんしん》して。ぼくたちが来《き》たからさ」

健太《けんた》は優《やさ》しく語《かた》りかけたが、ハジメはうかない顔《かお》をしている。

「……謎野《なぞの》くんが優秀《ゆうしゅう》なのは、ワタシも認《みと》めるところですが、謎野《なぞの》くんが見破《みやぶ》れるのはトリックのある、ニセモノの妖怪《ようかい》だけですよね？　ワタシが見《み》たアクロバティックサラサラは、裸足《はだし》で歩《ある》くたびにペタペタと血《ち》の足《あし》あとがついたり、建《たて》

物《もの》の屋上《おくじょう》から飛《と》び降《お》りて消《き》えたりしたんですよ。そんなこと、本物《ほんもの》の妖怪《ようかい》しかできるはずないじゃありませんか！」

「**歩《ある》くたびに血《ち》の足《あし》あとがついたの⁇**」

健太《けんた》は、想像《そうぞう》して背筋《せすじ》が冷《つめ》たくなった。

尾狩刑事《おかるけいじ》は話《はなし》を聞《き》きながら、手帳《てちょう》に熱心《ねっしん》にメモをとっている。

美希《みき》はポツリと言《い》う。

「ほんとに？　もし血《ち》がついた足《あし》で歩《ある》き回《まわ》ったら、店中《みせじゅう》に足《あし》あとがついて、大騒《おおさわ》ぎになりそうだけど」

「でも本当《ほんとう》なんです‼　ワタシはウソなんかついてません！　それにショッピングセンターの屋上《おくじょう》から、アクロバティックサラサラが飛《と》び降《お》りたところも見《み》ました！」

「そんな高《たか》いところから落《お》ちたら、死《し》んじゃうんじゃない？」

「青井《あおい》さん、でも足湯《あしゆ》コーナーの湯船《ゆぶね》に落《お》ちて姿《すがた》を消《け》したので、死《し》んではいないと思《おも》います！　湯船《ゆぶね》には赤《あか》いワンピースと帽子《ぼうし》しか落《お》ちていませんでした」

「ぼくも、アクロバティックサラサラはビルから飛《と》び降《お》りて、地面寸前《じめんすんぜん》で消《き》えるって、都市《とし》伝説《でんせつ》で聞《き》いたことあるけど、ほんとに消《き》えたんだ！」

健太《けんた》は興奮《こうふん》して語《かた》った。

「でも地面寸前《じめんすんぜん》ではなく、杉田《すぎた》くんが見《み》たのは足湯《あしゆ》に落《お》ちて消《き》えたんでしょ？　なんか変《へん》じゃない？」

「青井《あおい》さんはワタシの言《い》うことを疑《うたが》っているんでしょう。それなら、もうワタシは何《なに》も話《はな》しません！」

ハジメは顔《かお》を真《ま》っ赤《か》にして怒《おこ》ってしまった。

「……ごめんごめん、信《しん》じてないわけじゃないんだけどさ。あまりにも現実的《げんじつてき》じゃない話《はなし》だからさぁ」

美希《みき》は申《もう》し訳《わけ》なさそうに謝《あやま》った。

健太《けんた》は、ハジメに優《やさ》しいまなざしで声《こえ》をかける。

「杉田《すぎた》くんが怖《こわ》い思《おも》いをしたのは間違《まちが》いないよ。めちゃくちゃ怖《こわ》かったよね……。いくら妖怪《ようかい》でも、こんなに杉田《すぎた》くんを怖《こわ》がらせて、心《こころ》を傷《きず》つけたのは本当《ほんとう》にひどいと思《おも》う!!」

「……宮下《みやした》くん」

ハジメは、健太《けんた》の思《おも》いやりのある言葉《ことば》に目《め》をうるませる。

ようやく落《お》ち着《つ》きを取《と》り戻《もど》したハジメは調査《ちょうさ》に協力《きょうりょく》してくれることになった。真実《しんじつ》はたずねる。

「杉田《すぎた》くん、ほかに、何《なに》か気《き》になった点《てん》はなかったかな？」

「……あ、そういえば、足湯《あしゆ》の中《なか》に、赤《あか》いワンピースや帽子《ぼうし》が落《お》ちていたのですが、お湯《ゆ》の一部《いちぶ》が黒《くろ》くにごっていましたね」

「……お湯《ゆ》が黒《くろ》く」

真実《しんじつ》はポツリとつぶやいて、じっと考《かんが》え込《こ》んだ。


真実《しんじつ》、健太《けんた》、美希《みき》の3人《にん》は、尾狩刑事《おかるけいじ》に同行《どうこう》して、ハジメがアクロバティックサラサラを目撃《もくげき》したショッピングセンターへと向《む》かった。

現場《げんば》で直接《ちょくせつ》、ハジメから話《はなし》を聞《き》きたかったが、まだ怖《こわ》いというので参加《さんか》しなかった。

尾狩刑事《おかるけいじ》と健太《けんた》たちは、ショッピングセンターの監視室《かんししつ》に行《い》った。

たくさんのモニターが並《なら》び、さまざまな売《う》り場《ば》の様子《ようす》が映《うつ》し出《だ》されている。

尾狩刑事《おかるけいじ》が頼《たの》むと、係《かかり》の人《ひと》が当日《とうじつ》の監視《かんし》カメラ映像《えいぞう》を見《み》せてくれることになった。

「あまり、変《へん》なうわさを立《た》てないんでほしいんですけどねぇ」

係《かかり》の人《ひと》は気乗《きの》りしない様子《ようす》で、ぶつぶつ言《い》いながら操作《そうさ》する。

書店《しょてん》の売《う》り場《ば》を見渡《みわた》せるカメラ映像《えいぞう》には、ひとけの少《すく》ない店内《てんない》で、赤《あか》いワンピースの人物《じんぶつ》から逃《に》げるハジメの姿《すがた》が映《うつ》っていた。

「あ、マジメスギくんだ！　すごい、アクロバティックサラサラが映《うつ》っている」

健太《けんた》が興奮《こうふん》して声《こえ》をあげた。

ハジメが参考書《さんこうしょ》コーナーから逃《に》げだし、赤《あか》いワンピースの人物《じんぶつ》も続《つづ》いて書店《しょてん》を出《で》ていく。

「これが世界初《せかいはつ》のアクロバティックサラサラをとらえた映像《えいぞう》なら……動画《どうが》サイトにあげれば、再生回数《さいせいかいすう》めちゃくちゃかせげそう！」

美希《みき》はそう言《い》ってワクワクしながら映像《えいぞう》を見《み》ていたが、何《なに》かに気《き》づいて画面《がめん》を指《ゆび》さす。

「あ、店員《てんいん》さんが掃除《そうじ》してるところに、血《ち》の足《あし》あとがついてる!!」

エプロン姿《すがた》の書店員《しょてんいん》が、床《ゆか》についたいくつかの足《あし》あとをモップでふきとっている。

健太《けんた》が声《こえ》をあげる。


「やっぱりマジメスギくんが言《い》ったことは全部本当《ぜんぶほんとう》だったんだ!」


「恐縮《きょうしゅく》ですが、次《つぎ》は屋外《おくがい》のカメラをお願《ねが》いします! 赤《あか》い服《ふく》の人物《じんぶつ》が屋上《おくじょう》から飛《と》び降《お》りたところが映《うつ》っている映像《えいぞう》を見《み》たいのです」

「……映《うつ》ってるかわかんないけど、屋外《おくがい》だと、足湯《あしゆ》コーナーのカメラかなぁ」

尾狩刑事《おかるけいじ》に言《い》われて、係《かかり》の人《ひと》はしぶしぶ映像《えいぞう》を切《き》り替《か》える。

モニターには、足湯《あしゆ》コーナーをとらえたカメラの映像《えいぞう》が映《うつ》しだされる。

上《うえ》から赤《あか》い物体《ぶったい》が落《お》ちてきて、湯船《ゆぶね》から水《みず》しぶきがあがる様子《ようす》が映《うつ》っていた。

「何《なに》か落《お》ちてきた!! でも、速《はや》すぎてよく見《み》えないね」

目《め》を細《ほそ》めてモニターを見《み》ていた健太《けんた》が言《い》った。

係《かかり》の人《ひと》は、面倒《めんどう》くさそうにコマ送《おく》りで再生《さいせい》する。

カメラの位置《いち》が遠《とお》くて、アクロバティックサラサラが小《ちい》さくしか映《うつ》っていない。赤《あか》いワンピースを着《き》たアクロバティックサラサラが落《お》ちていったことはわかったが、顔《かお》までは見《み》えなかった。

真実《しんじつ》が尾狩刑事《おかるけいじ》にたずねる。

「今《いま》からこの足湯《あしゆ》コーナーを実際《じっさい》に見《み》たいのですが、よろしいですか？」

尾狩刑事《おかるけいじ》と真実《しんじつ》たちはショッピングセンターを出《で》て、駐車場《ちゅうしゃじょう》に向《む》かった。

健太《けんた》は、ショッピングセンターの屋上《おくじょう》を見上《みあ》げて言《い》う。

「……あんな高《たか》いところから飛《と》び降《お》りて姿《すがた》を消《け》すなんて人間《にんげん》には無理《むり》だよ。やっぱり、マジメスギくんが言《い》うように本物《ほんもの》の妖怪《ようかい》なんだよ」

「あ、バンジージャンプみたいにゴムをつけて飛《と》び降《お》りたとか？　でも、それじゃビョーンと元《もと》に戻《もど》っちゃうか。しかも、消《き》えたというのが謎《なぞ》だもんねぇ」

美希《みき》はそう言《い》って、考《かんが》え込《こ》んでしまう。

一行《いっこう》は、アクロバティックサラサラが落《お》ちたという足湯《あしゆ》コーナーに着《つ》いた。

「足湯《あしゆ》コーナーいいなぁ、ちょっとつかろうかな」

「ずるいよ、ぼくも入《はい》りたい！」

美希《みき》と健太《けんた》が目的《もくてき》を忘《わす》れてはしゃいでいる間《あいだ》に、真実《しんじつ》は足湯《あしゆ》コーナーを歩《ある》き回《まわ》ってくまなく見《み》ている。

尾狩刑事《おかるけいじ》は真実《しんじつ》について歩《ある》く。真実《しんじつ》が何《なに》に注目《ちゅうもく》しているのか、じっと真剣《しんけん》に様子《ようす》をうかがっている。

「当日《とうじつ》、この湯船《ゆぶね》の中《なか》には、赤《あか》い服《ふく》と帽子《ぼうし》以外《いがい》に何《なに》か落《お》ちていなかったでしょうか？」

真実《しんじつ》は隣《となり》の尾狩刑事《おかるけいじ》にたずねた。

「えっと……落《お》とし物《もの》として保管《ほかん》されていたのは、湯船《ゆぶね》に浮《う》かんでいた、赤《あか》いワンピースと帽子《ぼうし》のみです。わたくしが調《しら》べてみたところ、そのワンピースと帽子《ぼうし》は、全国展開《ぜんこくてんかい》する衣料《いりょう》品店《ひんてん》で販売《はんばい》されていたもので、すでに全国《ぜんこく》で２千枚以上《せんまいいじょう》売《う》れたものでした。あ、あと、湯船《ゆぶね》の底《そこ》に、くしゃくしゃに丸《まる》まった針金《はりがね》が落《お》ちていたということでした」

足湯《あしゆ》に夢中《むちゅう》だった健太《けんた》と美希《みき》も、真実《しんじつ》のそばにやってきた。

「……湯船《ゆぶね》の底《そこ》に、くしゃくしゃに丸《まる》まった針金《はりがね》ですか？」

真実《しんじつ》はポツリとつぶやいた。

「わたくしも見《み》ましたが、長《なが》い針金《はりがね》がくしゃくしゃになって直径《ちょっけい》40センチほどの球《たま》の形《かたち》に丸《まる》まったものでした。工事《こうじ》をする人《ひと》が落《お》としたのでしょうか？　こちらも落《お》とし物《もの》として保管《ほかん》されていますが、持《も》ち主《ぬし》はまだ現《あらわ》れていないそうです」

健太《けんた》は、真実《しんじつ》の表情《ひょうじょう》が変《か》わるのを感《かん》じた。

真実《しんじつ》は尾狩刑事《おかるけいじ》にたずねる。

「尾狩刑事《おかるけいじ》、その針金《はりがね》をここに持《も》ってくることはできますか？」

「はい、落《お》とし物係《ものがかり》にかけあってきます！」

「それを使《つか》って、足湯《あしゆ》コーナーの湯船《ゆぶね》で試《ため》したいことがあります」

「真実《しんじつ》くん、なぜ落《お》とし物《もの》の針金《はりがね》なんかが気《き》になるの？」

「健太《けんた》くん、科学《かがく》で解《と》けないナゾはない。」

おそらく、アクロバティックサラサラが消《き》えた理由《りゆう》はその針金《はりがね》に隠《かく》されているはずだ」

真実《しんじつ》は針金《はりがね》を使《つか》って、足湯《あしゆ》コーナーでいったい何《なに》をするのだろうか？

解《かい》決《けつ》編《へん》

足湯《あしゆ》コーナーで、真実《しんじつ》は落《お》とし物係《ものがかり》から借《か》りたくしゃくしゃに丸《まる》まった針金《はりがね》を手《て》にしていた。

健太《けんた》、美希《みき》、尾狩刑事《おかるけいじ》は真実《しんじつ》が何《なに》をするのか興味深《きょうみぶか》く見守《みまも》っている。

健太《けんた》はくしゃくしゃに丸《まる》まった針金《はりがね》を見《み》てつぶやく。

「不思議《ふしぎ》な形《かたち》だね。なんだろ？」

美希《みき》が口《くち》を開《ひら》く。

「なんかのインテリアのオブジェにも見《み》えるね」

「これは、オブジェではないよ。ぼくが思《おも》うに、おそらくあの素材《そざい》だね」

真実《しんじつ》は針金《はりがね》をつかんで広《ひろ》げると、頭《あたま》、手《て》、足《あし》と、身長《しんちょう》１７０センチほどの人形《ひとがた》をつくっていく。

「あ、平《ひら》べったい人《ひと》の形《かたち》になった！」

美希《みき》が声《こえ》をあげた。

「そして、これをお湯《ゆ》につけるとどうなるか」

そう言《い》って真実《しんじつ》は、人形《ひとがた》の針金《はりがね》を足湯《あしゆ》まで運《はこ》んで、ジャボンと湯船《ゆぶね》に投《な》げ入《い》れた。

「え、お湯《ゆ》につけただけで、くしゃくしゃに丸《まる》まって、元《もと》の形《かたち》に戻《もど》った！」

健太《けんた》が驚《おどろ》いて声《こえ》をあげた。

「今回《こんかい》のトリックは、この形状記憶合金《けいじょうきおくごうきん》を使《つか》ったトリックだよ。形状記憶合金《けいじょうきおくごうきん》というのは、一度《いちど》、形《かたち》を記憶《きおく》させれば、そのあと変形《へんけい》させても、温《あたた》めると元《もと》の形《かたち》に戻《もど》る性質《せいしつ》を持《も》っているんだよ」

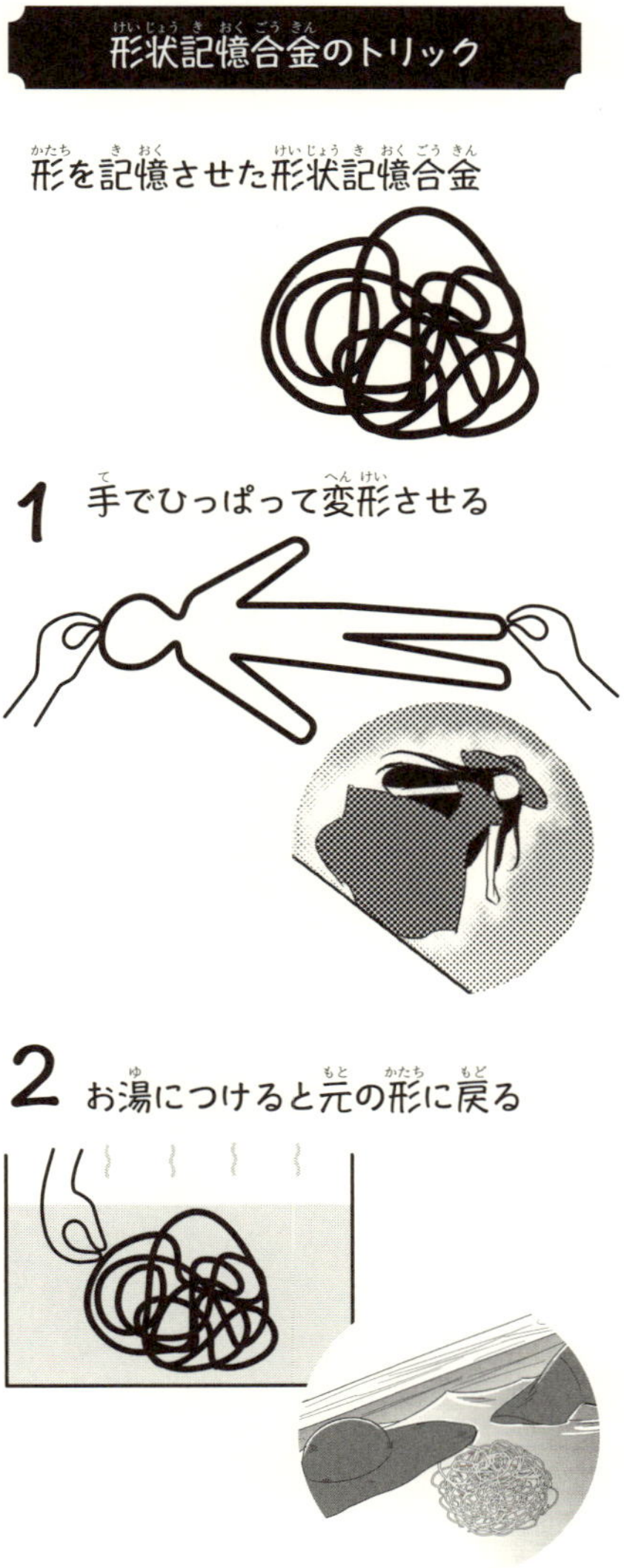

メモをとりながら聞《き》いていた尾狩刑事《おかるけいじ》は、興奮《こうふん》して口《くち》を開《ひら》く。

「なるほど！　屋上《おくじょう》から落《お》ちたのは人《ひと》ではなくて、赤《あか》いワンピースと帽子《ぼうし》、黒髪《くろかみ》のカツラをかぶせた人形《にんぎょう》だったということですね!!　形状記憶合金《けいじょうきおくごうきん》が足湯《あしゆ》の中《なか》で元《もと》の形《かたち》に戻《もど》ったために、まるでアクロバティックサラサラが消《き》えたかのように見《み》えた。あ、でもカツラが見《み》つかっていませんね」

「尾狩刑事《おかるけいじ》、そのとおりです。人形《にんぎょう》にかぶせたカツラは水《みず》に溶《と》ける素材《そざい》でできたものだと思《おも》います」

「へえ、そんな素材《そざい》があるんだ!?」

「うん、健太《けんた》くん。水溶性《すいようせい》の素材《そざい》、ポリビニルアルコールだと思《おも》う。合成樹脂《ごうせいじゅし》の一種《いっしゅ》で、水《みず》に溶《と》ける性質《せいしつ》を生《い》かして、ジェル状《じょう》の洗剤《せんざい》を包《つつ》むのにも使用《しよう》されているよ。カツラを消《け》さなければならなかったのは、もしカツラが落《お》ちていたら、本物《ほんもの》のアクロバティックサラサラが消《き》えたのではなく、人形《にんぎょう》を使《つか》ったトリックだったとバレてしまうからね。ぼくは杉田《すぎた》くんから湯船《ゆぶね》のお湯《ゆ》の一部《いちぶ》が黒《くろ》くなっていたと聞《き》いてピンときたんだ」

健太《けんた》がもう一《ひと》つの怪奇現象《かいきげんしょう》を思《おも》い出《だ》す。

「そうだ、アクロバティックサラサラが歩《ある》くたびに血《ち》の足《あし》あとがついたのも、何《なに》かトリックがあるの？」

「あれも化学反応《かがくはんのう》を利用《りよう》したのさ。ドラマや映画《えいが》の手術《しゅじゅつ》シーンの撮影《さつえい》にも応用《おうよう》されている方法《ほうほう》で、とある二《ふた》つの物質《ぶっしつ》を混《ま》ぜると血《ち》のような赤黒《あかぐろ》い色《いろ》になるんだ。それは※チオシアン酸《さん》カリウムと塩化第二鉄《えんかだいにてつ》さ。アクロバティックサラサラを演《えん》じた人物《じんぶつ》は、透明《とうめい》のチオシアン酸《さん》カリウムの水溶液《すいようえき》を、床《ゆか》の一部《いちぶ》にあらかじめ塗《ぬ》っておいた。そこに塩化第二鉄《えんかだいにてつ》の水溶液《すいようえき》を塗《ぬ》った足《あし》で歩《ある》くと、その二《ふた》つが混《ま》ざって、まるで血《ち》の足《あし》あとができたように見《み》えたんだ」

血《ち》の足《あし》あと

1 チオシアン酸《さん》カリウムの水溶液《すいようえき》を床《ゆか》に塗《ぬ》っておく

2 塩化第二鉄《えんかだいにてつ》の水溶液《すいようえき》を足《あし》の裏《うら》に塗《ぬ》る

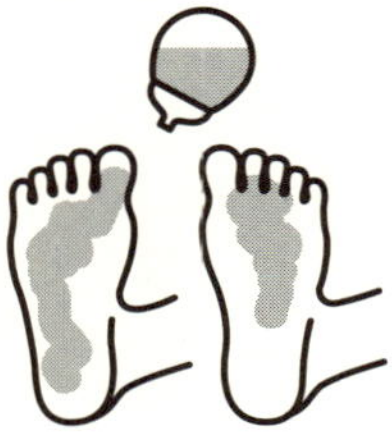

3 チオシアン酸《さん》カリウムを塗《ぬ》っておいた場所《ばしょ》を歩《ある》くとその部分《ぶぶん》が赤《あか》くなる

※チオシアン酸《さん》カリウムや塩化第二鉄《えんかだいにてつ》の取《と》り扱《あつか》いには注意《ちゅうい》が必要《ひつよう》です。みんなは触《さわ》らないでね。

真実《しんじつ》は一《ひと》つひとつ、確認《かくにん》するように振《ふ》り返《かえ》った。

「まずアクロバティックサラサラに扮《ふん》した人物《じんぶつ》A《エー》が田《た》んぼの農道《のうどう》を歩《ある》き、電車《でんしゃ》の窓《まど》ぎわに立《た》つ杉田《すぎた》くんに目撃《もくげき》させた。そして同《おな》じアクロバティックサラサラの扮装《ふんそう》をした人物《じんぶつ》B《ビー》が駅《えき》の改札《かいさつ》で待《ま》ちぶせする。そして、杉田《すぎた》くんをショッピングセンターまで追《お》い回《まわ》して、エレベーターで1階《かい》に行《い》かせた。それは足湯《あしゆ》の近《ちか》くに誘導《ゆうどう》したかったからだ。杉田《すぎた》くんが着《つ》いたら、屋上《おくじょう》にいた人物《じんぶつ》C《シー》が人形《にんぎょう》を足湯《あしゆ》の湯船《ゆぶね》に落下《らっか》させて驚《おどろ》かせた……」

「**この事件《じけん》は、少《すく》なくとも3人《にん》による犯行《はんこう》ということですね？**」

メモをとっていた尾狩刑事《おかるけいじ》がたずねると、真実《しんじつ》はコクリとうなずく。

「はい。そして赤《あか》い足《あし》あとは、3人《にん》のうちの誰《だれ》かが書店員《しょてんいん》のふりをして、ふきとったんでしょうね」

「なんで、そんなことまでして子《こ》どもを驚《おどろ》かすんだろ、ひどいよ！」

健太《けんた》はいきどおりを感《かん》じて声《こえ》をあげた。

美希《みき》もうなずいて同意《どうい》する。

「めちゃくちゃ悪質《あくしつ》なイタズラだよね」

アクロバティックサラサラを演《えん》じた3人組《にんぐみ》の動《うご》き

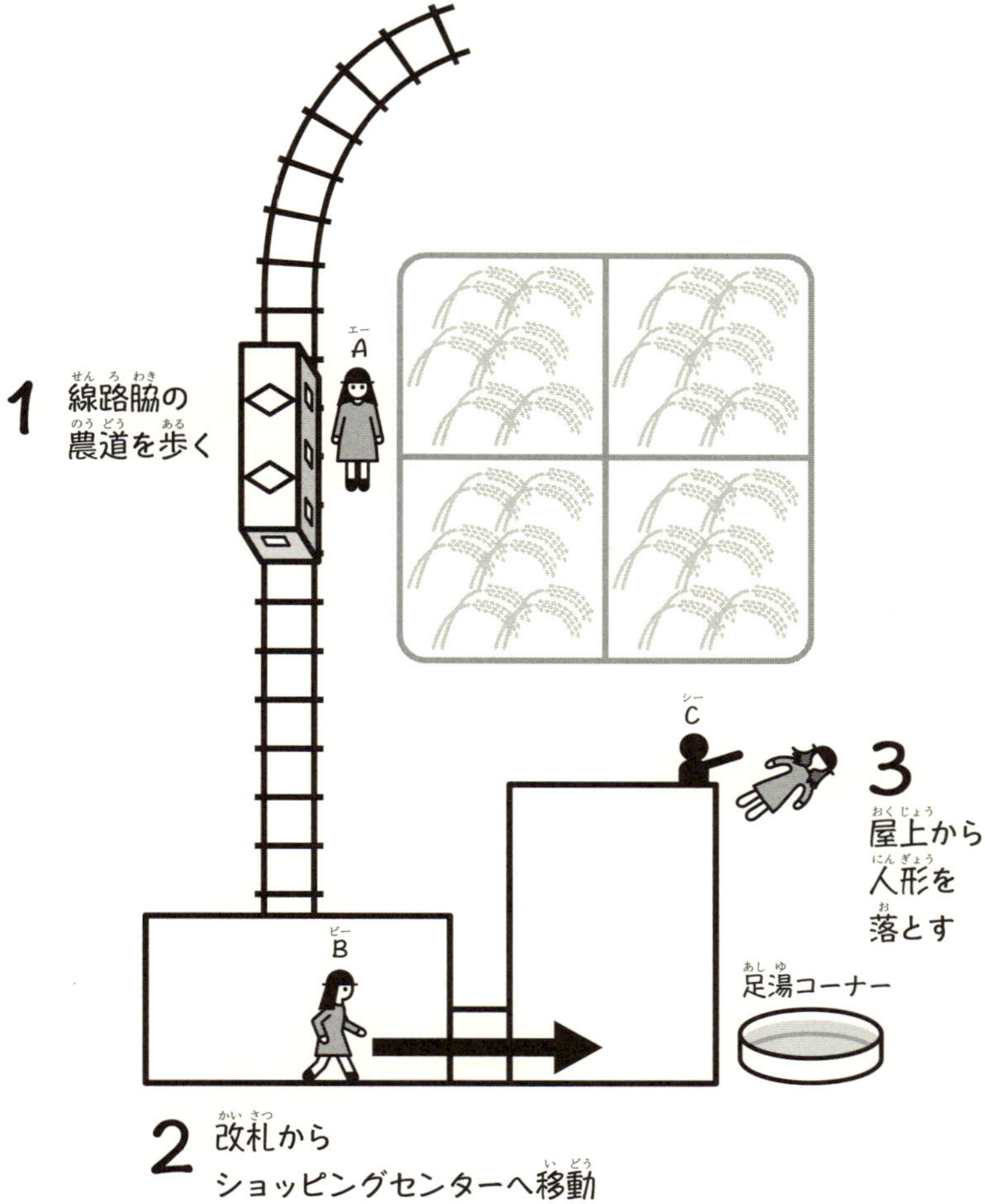

じっと考《かんが》えていた真実《しんじつ》が、ポツリとひとりごとをもらす。

「でも、イタズラにしては手《て》がこみすぎてる……」

翌日《よくじつ》、健太《けんた》、美希《みき》、真実《しんじつ》の3人《にん》は尾狩刑事《おかるけいじ》に呼《よ》び出《だ》されて警察署近《けいさつしょちか》くの喫茶店《きっさてん》「ポエム」に集《あつ》まった。

白髪《しらが》でひげを生《は》やしたおじさんと、優《やさ》しそうなおばさんがやっている昔《むかし》ながらのレトロな喫茶店《きっさてん》だ。

「トモミちゃん、奥《おく》の席《せき》どうぞ」

おばさんは笑顔《えがお》で、常連《じょうれん》の尾狩刑事《おかるけいじ》のために奥《おく》の席《せき》を案内《あんない》してくれた。

健太《けんた》はクリームソーダを夢中《むちゅう》で飲《の》みながら尾狩刑事《おかるけいじ》の話《はなし》に耳《みみ》をかたむけた。

「犯人《はんにん》を特定《とくてい》すべく、過去《かこ》のショッピングセンターの監視《かんし》カメラ映像《えいぞう》を見直《みなお》していて、驚《おどろ》くべき事実《じじつ》を発見《はっけん》しました」

尾狩刑事《おかるけいじ》は監視《かんし》カメラ映像《えいぞう》をプリントアウトしたものをテーブルに差《さ》し出《だ》した。

ショッピングセンターを歩《ある》く、肩《かた》ぐらいの長《なが》さのくせ毛《げ》の少女《しょうじょ》が映《うつ》っていた。

「もしかして、これって?」

健太《けんた》は尾狩刑事《おかるけいじ》を見《み》た。

「はい、妹《いもうと》のアリスです。杉田《すぎた》さんの事件《じけん》が起《お》きた3カ月前《げつまえ》にも、アクロバティックサラサラがこの店《みせ》で子《こ》どもをおどかして追《お》いかけていたことが判明《はんめい》しました」

「え、3カ月前《げつまえ》にも同《おな》じ場所《ばしょ》に出没《しゅつぼつ》していたんですか!?』

「はい、健太《けんた》さん。大《おお》きな騒《さわ》ぎにはならなかったのですが、その際《さい》にアリスは店内《てんない》にいたのであります。それも、アクロバティックサラサラが現《あらわ》れる1時間前《じかんまえ》に」

「1時間前《じかんまえ》!?　それじゃ、まるでアリスちゃんがアクロバティックサラサラが出現《しゅつげん》することをあらかじめ知《し》ってたみたいじゃないですか」

美希《みき》は驚《おどろ》いた表情《ひょうじょう》で尾狩刑事《おかるけいじ》を見《み》た。

尾狩刑事《おかるけいじ》はうなずいて、別《べつ》の写真《しゃしん》をテーブルに差《さ》し出《だ》した。

「3カ月前《げつまえ》のこのときも、アクロバティックサラサラに扮《ふん》した人物《じんぶつ》が、ターゲットの子《こ》どもを追《お》いかけていました。そのときに、その様子《ようす》を遠《とお》くから眺《なが》めているアリスの姿《すがた》が映《うつ》っていました」

監視《かんし》カメラ映像《えいぞう》を拡大《かくだい》して、プリントアウトした写真《しゃしん》には、柱《はしら》の陰《かげ》からのぞいているアリスの姿《すがた》が写《うつ》っていた。

想像《そうぞう》もしていなかった事実《じじつ》が明《あ》かされて、健太《けんた》は混乱《こんらん》して頭《あたま》がボーッとしてきた。

美希《みき》が尾狩刑事《おかるけいじ》にたずねる。

「……あの、アリスちゃんが何《なに》か事件《じけん》に関係《かんけい》があるとか、犯人《はんにん》たちのグループに関《かか》わっている可能性《かのうせい》があるということですか?」

尾狩刑事《おかるけいじ》は苦《くる》しげな表情《ひょうじょう》で答《こた》える。

「けっして、そうは思《おも》いたくはないですが……妹《いもうと》がほかの人《ひと》が知《し》り得《え》ない情報《じょうほう》を持《も》って、行動《こうどう》していたのはたしかですね……。わたくしが着目《ちゃくもく》しているのは、妹《いもうと》が手《て》にしているこの本《ほん》です」

拡大《かくだい》されてぼやけた写真《しゃしん》に、謎《なぞ》の本《ほん》を抱《かか》えて歩《ある》くアリスの姿《すがた》が写《うつ》っている。

「監視《かんし》カメラに映《うつ》っている妹《いもうと》は、常《つね》に大事《だいじ》そうに赤《あか》い表紙《ひょうし》の本《ほん》を抱《かか》えています。

いったい、なんの本《ほん》なのか見当《けんとう》がつきません」

健太《けんた》はハッとして何《なに》かに思《おも》い当《あ》たる。

「もしかして、この赤《あか》い表紙《ひょうし》の本《ほん》って、予言《よげん》が書《か》かれているんじゃないかな」

「……予言《よげん》、でありますか??」

尾狩刑事《おかるけいじ》は健太《けんた》にたずねた。

怪談《かいだん》や都市伝説《としでんせつ》が好《す》きな健太《けんた》

が、最近《さいきん》、一部《いちぶ》で話題《わだい》になっている『予言《よげん》の書《しょ》』についての説明《せつめい》した。

「いつの時代《じだい》に書《か》かれたかわからないけど、古《ふる》い予言書《よげんしょ》があってね。そこには、これから起《お》きる事件《じけん》や災害《さいがい》などが、日付《ひづけ》まで全部予言《ぜんぶよげん》されているんだって」

尾狩刑事《おかるけいじ》は、健太《けんた》の話《はなし》に耳《みみ》をかたむけながら熱心《ねっしん》にメモをとる。

「その予言書《よげんしょ》が不思議《ふしぎ》なのは、
ある日《ひ》、突然《とつぜん》、子《こ》ども部屋《べや》の机《つくえ》に置《お》いてあるんだ。
そのページを開《ひら》いて中身《なかみ》を見《み》た子《こ》は
消《き》えちゃうといううわさだよ。
その予言《よげん》の書《しょ》の表紙《ひょうし》が、真《ま》っ赤《か》なんだ……」

健太《けんた》の話《はなし》を聞《き》いた尾狩刑事《おかるけいじ》、美希《みき》、真実《しんじつ》たちは、
あらためて写真《しゃしん》に写《うつ》る本《ほん》をじっと見《み》つめた。

ぼやけた画像《がぞう》の中《なか》の赤《あか》い本《ほん》は、
とてつもなく不気味《ぶきみ》なものに見《み》えてくるのだった……。

I

SCIENCE TRICK DATA FILE

科学《かがく》トリック データファイル

形《かたち》を覚《おぼ》える金《きん》属《ぞく》？

金属《きんぞく》は強《つよ》くたたいたり、引《ひ》っ張《ぱ》ったりすると形《かたち》が変《か》わりますが、変形《へんけい》した後《あと》にある温度《おんど》以上《いじょう》に温《あたた》めると、元《もと》の形《かたち》に戻《もど》る性質《せいしつ》を持《も》つものがあります。それを「形状記憶合金《けいじょうきおくごうきん》」と呼《よ》びます。

最《もっと》も代表的《だいひょうてき》なものはチタンとニッケルを混《ま》ぜ合《あ》わせた金属《きんぞく》で、形《かたち》が戻《もど》る温《おん》度《ど》は、チタンとニッケルの割合《わりあい》や熱処《ねっしょ》

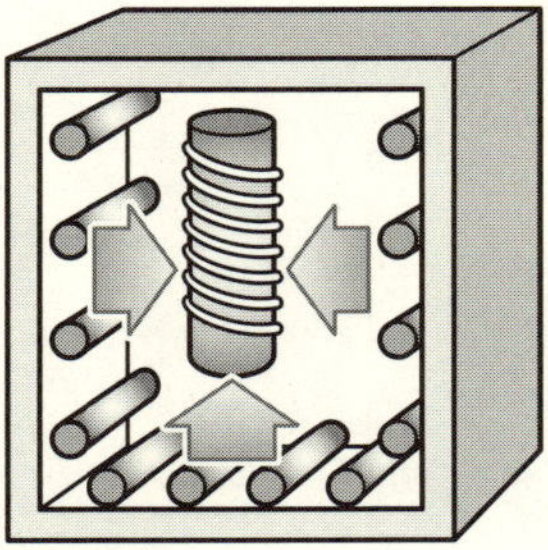

形《かたち》を記憶《きおく》させる方法《ほうほう》

①高温《こうおん》で加熱《かねつ》する

覚《おぼ》えさせたい形《かたち》に固定《こてい》したまま、450℃ぐらいの電気炉《でんきろ》に入《い》れて熱《ねっ》する

理《り》の温度《おんど》などによって、だいたいマイナス30℃から１００℃の間《あいだ》で変《か》えることができます。

形《かたち》が戻《もど》るという性質《せいしつ》を生《い》かし、形状《けいじょう》記憶合金《きおくごうきん》は眼鏡《めがね》のフレームや手術《しゅじゅつ》の器《き》具《ぐ》に使《つか》われているほか、温度《おんど》の変化《へんか》によって形《かたち》が変《か》わるので、お湯《ゆ》の温度《おんど》を調整《ちょうせい》する水栓《すいせん》や、宇宙《うちゅう》ロケットの燃《ねん》料《りょう》タンクなどを切《き》り離《はな》す部品《ぶひん》にも使《つか》われています。

②冷《ひ》やす

電気炉《でんきろ》から取《と》り出《だ》して、すぐに水《みず》につけて冷《ひ》やす

禁《きん》断《だん》の言《こと》葉《ば》

終末《しゅうまつ》の大予言《だいよげん》[前編《ぜんぺん》]2

むらさきかがみの呪《のろ》い

「尾狩刑事《おかるけいじ》、大丈夫《だいじょうぶ》かな？」

健太《けんた》は真実《しんじつ》とともに学校《がっこう》から帰《かえ》るところだった。

先日《せんじつ》起《お》きたアクロバティックサラサラの騒動《そうどう》のとき、３カ月前《げつまえ》の同《おな》じ事件《じけん》の現場《げんば》に妹《いもうと》のアリスの姿《すがた》があったことを知《し》り、尾狩刑事《おかるけいじ》はショックを受《う》けていたのだ。

「どうしてアリスちゃんがあそこにいたのかな？」

「アリスさんが持《も》っていた赤《あか》い表紙《ひょうし》の本《ほん》が、健太《けんた》くんが言《い》ったように予言《よげん》の書《しょ》だとすれば、彼女《かのじょ》はアクロバティックサラサラの騒動《そうどう》が起《お》きることを知《し》っていたのかもしれないね」

「アリスちゃんが行方不明《ゆくえふめい》になったのは、やっぱりあの本《ほん》のせいなのかな？」

健太《けんた》はアリスのことを心配《しんぱい》する。

尾狩刑事《おかるけいじ》は引《ひ》き続《つづ》き、アリスの行方《ゆくえ》を必死《ひっし》に捜《さが》しているらしい。

「何《なに》か手《て》がかりが見《み》つかればいいけど」

そのとき、美希《みき》が走《はし》ってきた。


「ねえ、これを見《み》て！」

「どうしたの？」

美希《みき》は2人《ふたり》にスマホを見《み》せた。

「美希《みき》ちゃん、学校《がっこう》では緊急《きんきゅう》のとき以外《いがい》、スマホを使《つか》っちゃダメだったでしょ？」

「健太《けんた》くん、今《いま》がその緊急《きんきゅう》のときだよ！ わたし、尾狩刑事《おかるけいじ》に連絡先《れんらくさき》を教《おし》えてたの。そうしたらさっきメールがきて」

「もしかしてアリスちゃんが見《み》つかったの？」

健太《けんた》がたずねると、美希《みき》は首《くび》を横《よこ》に振《ふ》った。

「**そうじゃない。だけどまた別《べつ》の不可思議事件《ふかしぎじけん》が発生《はっせい》したらしいの！**」

「**えええ??**」

驚《おどろ》く健太《けんた》の横《よこ》で、真実《しんじつ》はスマホの画面《がめん》を見《み》る。

《禁断《きんだん》の言葉《ことば》によって、呪《のろ》われた人《ひと》が出《で》ました》

「禁断《きんだん》の言葉《ことば》……」

「何《なに》それ……？」

健太《けんた》はメッセージを見《み》て、思《おも》わずゾッとする。

3人《にん》はさっそく尾狩刑事《おかるけいじ》と会《あ》うことにした。

●

「予想《よそう》はしていましたが、こんなに早《はや》くまた不可思議事件《ふかしぎじけん》に遭遇《そうぐう》するとは思《おも》っていませんでした」

喫茶《きっさ》「ポエム」。尾狩刑事《おかるけいじ》は、テーブルの対面《たいめん》の席《せき》に座《すわ》っている真実《しんじつ》たちにそう言《い》った。

彼女《かのじょ》はアリスのことを調《しら》べていたとき、また別《べつ》の隣町《となりまち》で、不可思議《ふかしぎ》な事件《じけん》が起《お》きたといううわさを聞《き》いたらしい。

「それが、禁断《きんだん》の言葉《ことば》の呪《のろ》いだったのです」

尾狩刑事《おかるけいじ》によると、禁断《きんだん》の言葉《ことば》を知《し》った小学生《しょうがくせい》が呪《のろ》われてしまったという。

「どんなふうに呪《のろ》われたの？」

美希《みき》がたずねると、尾狩刑事《おかるけいじ》は答《こた》えた。

「小学《しょうがく》6年生《ねんせい》の三上彩《みかみあや》さんという女《おんな》の子《こ》から話《はなし》を聞《き》きました。彼女《かのじょ》のクラスメートがその言《こと》葉《ば》を聞《き》いて、実際《じっさい》に体調《たいちょう》が悪《わる》くなったというのであります」

「そんな」

健太《けんた》はそれを聞《き》き、動揺《どうよう》する。

「真実《しんじつ》くん、呪《のろ》いの言葉《ことば》なんてほんとにあるのかな?」

「今《いま》の話《はなし》だけではわからないね」

真実《しんじつ》がそう言《い》うと、尾狩刑事《おかるけいじ》が話《はなし》を続《つづ》けた。

「真実《しんじつ》さんにくわしい話《はなし》を聞《き》いてもらったほうがいいと思《おも》って、彼女《かのじょ》をここに呼《よ》びました」

「彼女《かのじょ》って、呪《のろ》われた言葉《ことば》を知《し》ってる三上《みかみ》さん?」

美希《みき》の言葉《ことば》に、尾狩刑事《おかるけいじ》は小《ち》さくうなずいた。

「彼女《かのじょ》たちの町《まち》のことは、以前《いぜん》アリスも何度《なんど》か話《はな》していました。あの町《まち》には呪《のろ》いがあると言《い》っていて。そのときは冗談《じょうだん》だと思《おも》っていたのですが……」

「アリスさんは、アクロバティックサラサラのときと同《おな》じように、その町《まち》で不可思議事件《ふかしぎじけん》を調《しら》べていたのかもしれない」

「ええ、真実《しんじつ》さん、その可能性《かのうせい》はあります」

尾狩刑事《おかるけいじ》は、険《けわ》しい表情《ひょうじょう》でまた小《ち》さくうなずいた。

そのとき、真実《しんじつ》たちのそばにこの店《みせ》の夫婦《ふうふ》がやってきた。

「アリスちゃんのこと、本当《ほんとう》に心配《しんぱい》だねえ」

白《しろ》いひげを生《は》やしたマスターが言《い》う。

「わたしたちも、何《なに》か知《し》っている人《ひと》がいないかお客《きゃく》さんに聞《き》いてみるわね」

マスターの隣《となり》にいる女性《じょせい》が、優《やさ》しい表情《ひょうじょう》で尾狩刑事《おかるけいじ》にそう言《い》った。

「お2人《ふたり》とも、ありがとうございます」

尾狩刑事《おかるけいじ》は、真実《しんじつ》たちにマスターたちを紹介《しょうかい》した。

「こちらはこのお店《みせ》をご夫婦《ふうふ》で営《いとな》んでいる金森《かなもり》さんです。わたくしがアリスを捜《さが》している

とき、お2人《ふたり》が声《こえ》をかけてくれたのです」

「雨《あめ》が降《ふ》っているのに、トモミちゃん、傘《かさ》もささずに聞《き》き込《こ》みをしていたからねえ」

「パパもわたしも、このままじゃ風邪《かぜ》をひいちゃうって思《おも》ったのよ」

2人《ふたり》は自分《じぶん》たちが営《いとな》む喫茶店《きっさてん》に尾狩刑事《おかるけいじ》を連《つ》れて行《い》き、温《あたた》かいコーヒーをふるまったのだという。

「それから、わたくしはこのお店《みせ》によく来《く》るようになったのであります」

「そうだったんだね」

優《やさ》しい人《ひと》がいてよかった。健太《けんた》は金森夫婦《かなもりふうふ》とほほえみながら話《はなし》をする尾狩刑事《おかるけいじ》を見《み》て少《すこ》しだけホッとした。

やがて、金森夫婦《かなもりふうふ》がカウンターに戻《もど》ると、喫茶店《きっさてん》のドアが開《ひら》き、ひとりの女《おんな》の子《こ》が入《はい》ってきた。

尾狩刑事《おかるけいじ》が声《こえ》をかける。不可思議事件《ふかしぎじけん》のことを知《し》る三上彩《みかみあや》だ。

「彩《あや》さん、こちらが先日《せんじつ》お話《はな》しした科学探偵《かがくたんてい》として有名《ゆうめい》な謎野真実《なぞのしんじつ》さんです。不可思議事件《ふかしぎじけん》の内容《ないよう》を、彼《かれ》らにも話《はな》してくれませんか？」

尾狩刑事《おかるけいじ》は彩《あや》を真実《しんじつ》たちに紹介《しょうかい》する。

「だけど、この人《ひと》たちに禁断《きんだん》の言葉《ことば》を言《い》っても大丈夫《だいじょうぶ》なんですか？」

彩《あや》は不安《ふあん》そうに言《い》う。

禁断《きんだん》の言葉《ことば》を聞《き》くと呪《のろ》われてしまうとおびえてい

るのだ。

すると、真実《しんじつ》が口《くち》を開《ひら》いた。

「心配《しんぱい》しなくていい。呪《のろ》いがほんとにあるかどうかを調《しら》べるためにも、すべてを話《はな》してほしい」

真実《しんじつ》は彩《あや》をじっと見《み》つめながら言《い》う。その横《よこ》で、健太《けんた》も美希《みき》もうなずいていた。

呪《のろ》いは恐《おそ》ろしいが、不可思議事件《ふかしぎじけん》の話《はなし》を聞《き》くためにここに来《き》たのだ。

彩《あや》はそんな真実《しんじつ》たちの覚悟《かくご》を知《し》り、イスに座《すわ》ると、すべてを話《はな》すことにした。

「あれは3カ月《げつ》ほど前《まえ》のことです。わたしとクラスメートの長谷川圭一郎《はせがわけいいちろう》くんは、隣《となり》のクラスの矢部仲樹《やべのぶき》くんの家《いえ》に呼《よ》ばれました」

その仲樹《のぶき》の家《いえ》で、圭一郎《けいいちろう》は呪《のろ》われることになってしまったのだ――。

放課後《ほうかご》、彩《あや》と圭一郎《けいいちろう》は仲樹《のぶき》の家《いえ》へとやってきた。

「へえ、仲樹《のぶき》くんの部屋《へや》って、けっこう広《ひろ》いんだね」

彩《あや》が言《い》う。２人《ふたり》とも仲樹《のぶき》とは5年生《ねんせい》のとき同《おな》じクラスで、そのときはよくしゃべってい
た。しかし6年生《ねんせい》になって、あまり交流《こうりゅう》はしなくなっていた。

時刻《じこく》は午後《ごご》4時《じ》。仲樹《のぶき》の親《おや》はまだ仕事《しごと》から帰《かえ》ってきておらず、家《いえ》には仲樹《のぶき》たち3人《にん》しかい
なかった。

「お、いいね、このロボット！」

圭一郎《けいいちろう》は棚《たな》に飾《かざ》られたプラモデルにふと手《て》を触《ふ》れる。

「あ、圭一郎《けいいちろう》くん、あんまりさわらないで」

「べつにいいだろ。仲樹《のぶき》、またプラモデル増《ふ》えたんだな」

「また？　圭一郎《けいいちろう》くんは仲樹《のぶき》くんの家《いえ》に来《き》たことあったの？」

彩《あや》がたずねると、圭一郎《けいいちろう》は「ああ」と答《こた》えた。

「5年生《ねんせい》のとき、何回《なんかい》も来《き》たことあるよ。プラモデルでよく遊《あそ》んだよなあ」

圭一郎《けいいちろう》は、2体《たい》のプラモデルをガチャガチャとぶつけて戦《たたか》わせながら笑《わら》った。

「だからさわらないでってば！」

突然《とつぜん》、伸樹《のぶき》が怒鳴《どな》った。

おとなしい性格《せいかく》の伸樹《のぶき》が大声《おおごえ》を出《だ》し、圭一郎《けいいちろう》たちは驚《おどろ》く。

「なんだよ。怒《おこ》ることないだろ」

圭一郎《けいいちろう》はブツブツ言《い》いながら、プラモデルを元《もと》の場所《ばしょ》に置《お》いた。

「ええっと、それで伸樹《のぶき》くん、話《はなし》ってなんなの？」

彩《あや》は雰囲気《ふんいき》を戻《もど》そうと、伸樹《のぶき》に話《はな》しかける。

伸樹《のぶき》は「学校《がっこう》が終《お》わったら話《はな》したいことがある」と言《い》って2人《ふたり》を家《いえ》に誘《さそ》ったのだ。

「それはね」

伸樹《のぶき》はチラリと時計《とけい》を見《み》る。そして時間《じかん》を確認《かくにん》すると、また視線《しせん》を彩《あや》たちに戻《もど》した。

「圭一郎《けいいちろう》くんも彩《あや》ちゃんも、都市伝説《としでんせつ》とか怖《こわ》い話《はなし》が好《す》きだよね？」

「うん。わたしそういう話《はなし》、好《す》きだよ」

「ぼくもかなり興味《きょうみ》あるけど」

「ぼく、この前《まえ》、ある都市伝説《としでんせつ》を知《し》ったんだ。それで教《おし》えてあげようと思《おも》って」

伸樹《のぶき》は真剣《しんけん》な表情《ひょうじょう》になると、2人《ふたり》にヌッと顔《かお》を近《ちか》づけた。

「——禁断《きんだん》の言葉《ことば》って知《し》ってる? その言葉《ことば》を20歳《はたち》まで覚《おぼ》えていたら、呪《のろ》われて死《し》んじゃうんだって」

「ええ?? 何《なに》それ? わたし、怖《こわ》い話《はなし》は好《す》きだけどそんなの知《し》りたくない」

「やっぱりそっか。そうだよね。『むらさきかがみ』って言葉《ことば》を知《し》っちゃったら呪《のろ》われるもんねえ」

「あっ!」

彩《あや》は声《こえ》をあげた。

「え、ああ!」

仲樹《のぶき》も驚《おどろ》く。禁断《きんだん》の言葉《ことば》を言《い》ってしまったのだ。

「仲樹《のぶき》くん、なんで言《い》っちゃうの。わたしたち、20歳《はたち》になったら呪《のろ》われて死《し》んじゃうじゃない」

「むらさきかがみって言葉《ことば》を忘《わす》れればいいんだよ」

「だから言《い》うのやめて！　そんなの忘《わす》れられるわけないよ！」

彩《あや》はあせる。仲樹《のぶき》はそんな彩《あや》に「そうだ！」と言《い》った。

「呪《のろ》いを解《と》く方法《ほうほう》があるよ！」

「えっ、そうなの？」

「ぼくもこの前《まえ》むらさきかがみって言葉《ことば》を聞《き》いて、呪《のろ》われちゃうと思《おも》ったんだ。だけど知《し》り合《あ》いのお兄《にい》さんにそのことを話《はな》したら、呪《のろ》いを解《と》く儀式《ぎしき》があるって教《おし》えてくれて」

そのお兄《にい》さんも、かつてむらさきかがみという言葉《ことば》を知《し》ってしまったのだという。

だが、儀式《ぎしき》を行《おこな》ったことにより、20歳《はたち》をすぎた今《いま》でも元気《げんき》にしているらしい。

「ぼくも1週間《しゅうかん》ぐらい前《まえ》に儀式《ぎしき》をやったよ。だから、たぶんもう呪《のろ》われていないはず」

「そうなんだ。それならわたしもやりたい！　圭一郎《けいいちろう》くんも呪《のろ》われるの、イヤだよね？」

「えっ、ぼく？　そりゃあ呪《のろ》われるのはイヤだけど。儀式《ぎしき》とかそういうのはあんまり信《しん》じられないなあ」

圭一郎《けいいちろう》は都市伝説《としでんせつ》に興味《きょうみ》はあったが、本気《ほんき》で信《しん》じているわけではないようだった。

すると、仲樹《のぶき》が圭一郎《けいいちろう》にあわてて話《はな》しかけた。

「ほんとに儀式《ぎしき》しなくてもいいの？　呪《のろ》われたら最後《さいご》、絶対《ぜったい》に死《し》んじゃうんだよ⁇」

「そ、それは……」

圭一郎《けいいちろう》はその言葉《ことば》に思《おも》わずたじろぐ。

「絶対《ぜったい》やったほうがいいよ！　儀式《ぎしき》をやらなきゃ、ほんとに呪《のろ》われちゃうよ！」

「だからそれは……、まあ、儀式《ぎしき》をして助《たす》かるなら、やってもいいけど」

それを聞《き》き、仲樹《のぶき》はなぜかホッとしたような顔《かお》をした。

「どうしたんだ？」

「え、いや、儀式《ぎしき》をやるって言《い》ってくれてうれしくて。じゃあさっそく道具《どうぐ》を用意《ようい》するね！」

仲樹《のぶき》はそう言《い》うと、部屋《へや》を出《で》ていった。


「さあ、始《はじ》めるよ」

しばらくして仲樹《のぶき》が部屋《へや》に戻《もど》ってきた。

手《て》にはバケツを持《も》っている。

彩《あや》と圭一郎《けいいちろう》がバケツの中《なか》をのぞくと、むらさき色《いろ》の水《みず》が入《はい》っていた。

「これは水《みず》にむらさき色《いろ》の絵《え》の具《ぐ》を混《ま》ぜたものだよ。むらさきかがみの呪《のろ》いを解《と》くにはむらさき色《いろ》の水《みず》が必要《ひつよう》なんだ」

仲樹《のぶき》は、バケツをテーブルの上《うえ》に置《お》きながら儀式《ぎしき》の説明《せつめい》をする。

「儀式《ぎしき》は、このむらさき色《いろ》の水《みず》に自分《じぶん》の顔《かお》を鏡《かがみ》のように映《うつ》しながら、『みがかきさらむ』という呪文《じゅもん》を5回唱《かいとな》えるんだ」

「みがかきさらむって、なんなんだ？」

「『むらさきかがみ』を反対《はんたい》から言《い》った言葉《ことば》だよ。反対《はんたい》から言《い》うことによって呪《のろ》いが解《と》けるらしいんだ」

仲樹《のぶき》は、部屋《へや》のドアへと向《む》かうと、廊下《ろうか》に置《お》いていたお盆《ぼん》を持《も》ってきた。

お盆《ぼん》の上《うえ》には、水《みず》が入《はい》ったコップが五《いつ》つ置《お》いてある。

「この水《みず》は『聖水《せいすい》』の代《か》わりだよ。この水《みず》を、呪文《じゅもん》を唱《とな》えるたびに1杯《ぱい》ずつむらさき色《いろ》の水《みず》に勢《いきお》いよく加《くわ》えていくんだ」

「それが儀式《ぎしき》ってこと?」

彩《あや》がたずねると、仲樹《のぶき》は「うん」と答《こた》えた。

「ほんとに呪《のろ》いが解《と》けるのか?」

「知《し》り合《あ》いのお兄《にい》さんが20歳《はたち》をすぎても元気《げんき》なんだから間違《まちが》いないよ」

聖水《せいすい》
宗教的《しゅうきょうてき》な儀式《ぎしき》に使《つか》われる特別《とくべつ》な水《みず》や、神聖《しんせい》な土地《とち》から湧《わ》き出《で》る水《みず》。罪《つみ》やけがれを取《と》り払《はら》い、清《きよ》めるなどの意味《いみ》を持《も》つ。

彩《あや》と圭一郎《けいいちろう》はバケツとコップをじっと見《み》つめる。

「やるしかないよな……」

「う、うん」

呪《のろ》われるのはイヤだ。彩《あや》はそう思《おも》う。圭一郎《けいいちろう》も同《おな》じようだ。

仲樹《のぶき》はそんな2人《ふたり》を見《み》てうなずくと、話《はなし》を続《つづ》けた。

「じゃあ、まずは彩《あや》ちゃんから」

仲樹《のぶき》は、五《いつ》つのコップが置《お》かれたお盆《ぼん》を彩《あや》の前《まえ》に置《お》く。

「呪文《じゅもん》を唱《とな》えながら、聖水《せいすい》をバケツの中《なか》の水《みず》に加《くわ》えていけばいいんだよね？」

「うん、水《みず》を加《くわ》えるときは勢《いきお》いよく入《い》れるんだよ」

彩《あや》は「わかった」と言《い》うと、バケツの中《なか》のむらさき色《いろ》の水《みず》に自分《じぶん》の顔《かお》を映《うつ》し、ゴクリとつばをのみこむと、ゆっくりと呪文《じゅもん》を唱《とな》えはじめた。

「みがかきさらむ……、みがかきさらむ……、みがかきさらむ……」

呪文《じゅもん》を唱《とな》えながら、コップの水《みず》をバケツの中《なか》に勢《いきお》いよく加《くわ》えていく。

仲樹《のぶき》と圭一郎《けいいちろう》は彩《あや》のうしろに座《すわ》って、儀式《ぎしき》を見守《みまも》った。

やがて、彩《あや》は呪文《じゅもん》を5回言《かいい》い終《お》わった。お盆《ぼん》の上《うえ》に置《お》かれた五《いつ》つのコップもすべて空《から》になっている。

「これで呪《のろ》いは解《と》けたの？」

「うん、もう呪《のろ》われてないはずだよ」

笑顔《えがお》で答《こた》える仲樹《のぶき》を見《み》て、彩《あや》はホッとする。

「次《つぎ》は圭一郎《けいいちろう》くんだよ。新《あたら》しい聖水《せいすい》を用意《ようい》するね。待《ま》ってて」

仲樹《のぶき》はそう言《い》うと、コップが置《お》かれたお盆《ぼん》とバケツを持《も》って部屋《へや》を出《で》ていった。

そして、すぐに戻《もど》ってきた。

お盆《ぼん》の上《うえ》には、先《さき》ほどと同《おな》じように水《みず》の入《はい》ったコップが五《いつ》つ置《お》かれている。バケツの中《なか》のむらさき色《いろ》の水《みず》も少《すく》なくなっていた。

「これを使《つか》って」

「うん、ありがとう」

圭一郎《けいいちろう》は慎重《しんちょう》にお盆《ぼん》を手《て》に取《と》ると、バケツの前《まえ》に座《すわ》った。

「よし、やるよ……」

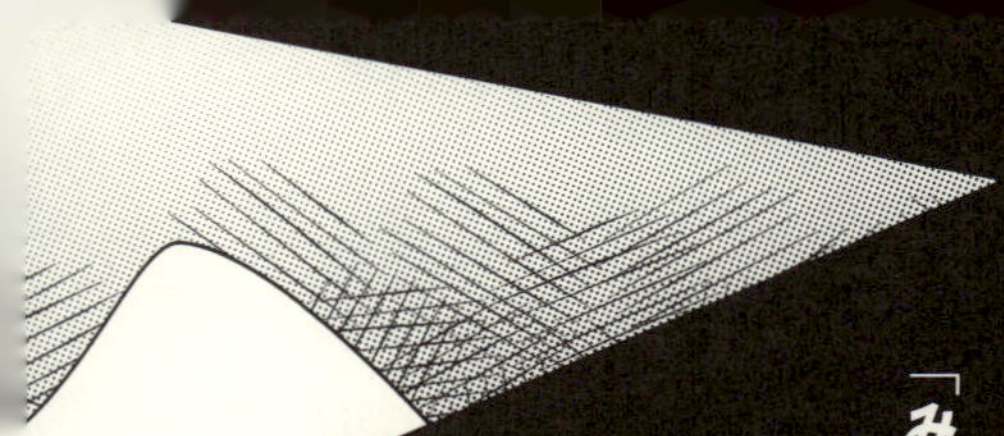

彩《あや》と仲樹《のぶき》は圭一郎《けいいちろう》のうしろに座《すわ》り、うなずく。
圭一郎《けいいちろう》は呪文《じゅもん》を唱《とな》えながら、聖水《せいすい》をバケツの中《なか》に勢《いきお》いよく加《くわ》えていった。

みがかきさらむ……

むらさき色《いろ》の水《みず》の中《なか》に、コップの水《みず》が勢《いきお》いよく加《くわ》えられていく。

「みがかきさらむ……、
みがかきさらむ……」

彩《あや》は仲樹《のぶき》とともに緊張《きんちょう》しながらうしろで見守《みまも》る。

「みがかきさらむ……」

圭一郎《けいいちろう》は5回目《かいめ》の呪文《じゅもん》を唱《とな》え、
コップの中《なか》の水《みず》をすべて

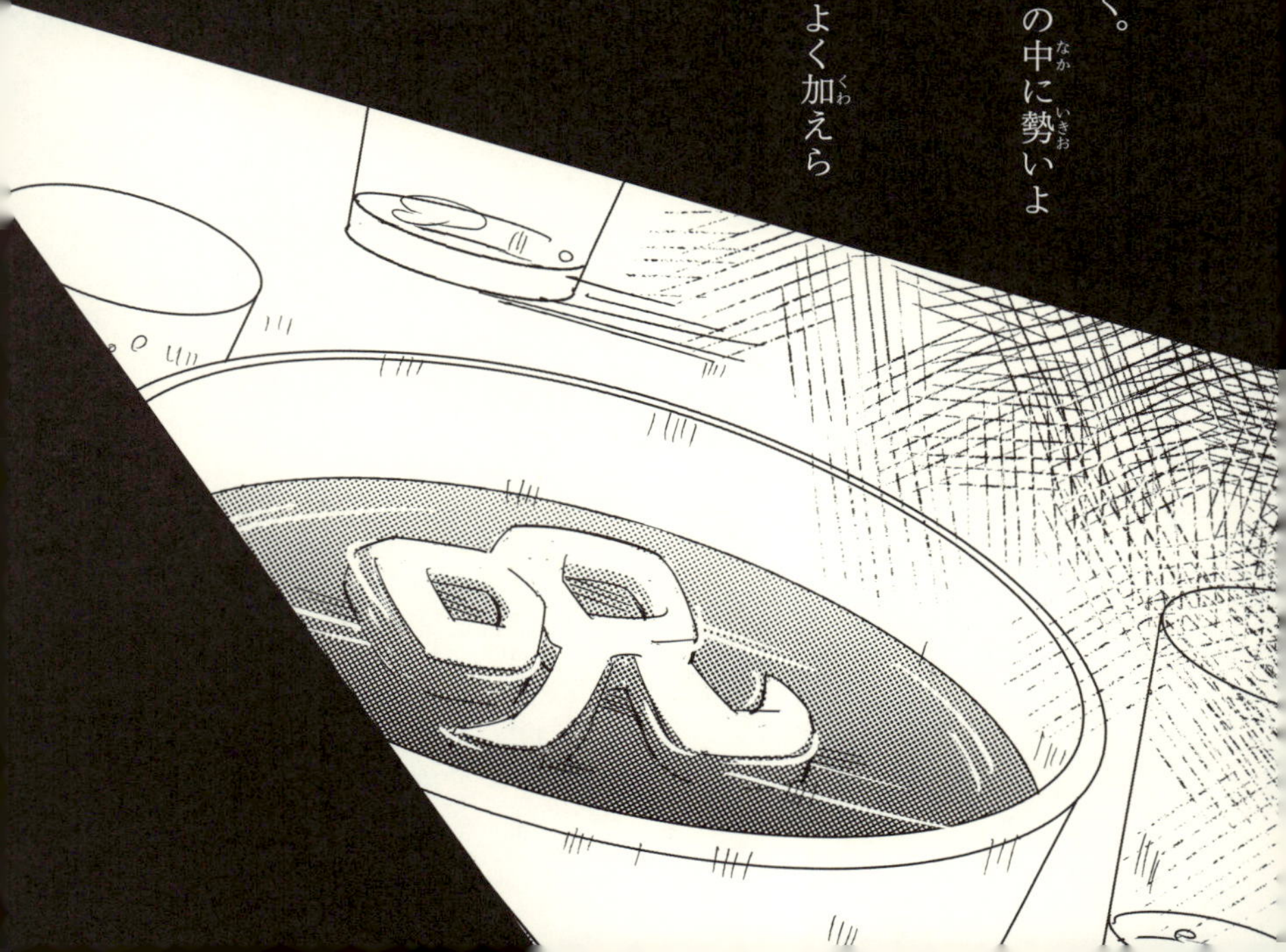

バケツの中《なか》に入《い》れた。

「これでぼくも大丈夫《だいじょうぶ》なんだよな」

無事《ぶじ》、儀式《ぎしき》を終《お》えて、圭一郎《けいいちろう》は胸《むね》をなでおろす。

彩《あや》も呪《のろ》われずにすむと思《おも》い、笑顔《えがお》になった。

次《つぎ》の瞬間《しゅんかん》――、

圭一郎《けいいちろう》はバケツの中《なか》を見《み》てハッとした。

「うわあああ！」

「どうしたの??」

彩《あや》はあわててバケツの中《なか》を見《み》る。

『呪《のろい》』

真《ま》っ白《しろ》な『呪《のろい》』という文字《もじ》が、むらさき色《いろ》の水《みず》に浮《う》かび上《あ》がっていた。

「なんなの、この『呪《のろい》』って文字《もじ》は⁉」

「文字《もじ》だって？　2人《ふたり》とも下《さ》がって！」

仲樹《のぶき》はバケツを見《み》る。彩《あや》と圭一郎《けいいちろう》はおびえながら下《さ》がると仲樹《のぶき》の背中《せなか》を見守《みまも》った。

仲樹《のぶき》はバケツをじっと見《み》ている。しかしすぐに首《くび》をかしげた。

「何《なに》もないよ」

「えっ？」

圭一郎《けいいちろう》はおそるおそるバケツに近寄《ちかよ》る。彩《あや》もおびえながらバケツの中《なか》を見《み》た。

バケツの中《なか》には、ただむらさき色《いろ》の水《みず》があるだけだ。

「そんな……ほんとに『呪《のろい》』って文字《もじ》があったんだ！」

「わたしも見《み》たよ⁉」

「そんなこと、ぼくがやったときは起《お》きなかったよ。知《し》り合《あ》いのお兄《にい》さんも、文字《もじ》が出《で》てくるなんて言《い》ってなかった」

仲樹《のぶき》はバケツを手《て》に取《と》った。

「とにかく、この水《みず》は捨《す》ててくるね。圭一郎《けいいちろう》くんの儀式《ぎしき》は失敗《しっぱい》しちゃったのかも」

仲樹《のぶき》はそう言《い》うと、バケツを持《も》って急《いそ》いで部屋《へや》を出《で》て行《い》った。

「失敗《しっぱい》？　どうすればいいんだよ。ぼく、20歳《はたち》になったら呪《のろ》われて死《し》んじゃうのか？　そんなのイヤだよ！」

圭一郎《けいいちろう》は泣《な》きそうな顔《かお》で震《ふる》える。

彩《あや》もそんな圭一郎《けいいちろう》を見《み》て恐怖《きょうふ》を感《かん》じていた。

●

「これが、わたしたちの体験《たいけん》した『むらさきかがみ』の話《はなし》です」

真実《しんじつ》たちは喫茶店《きっさてん》で彩《あや》からその話《はなし》を聞《き》いていた。

「圭《けい》一《いち》郎《ろう》くんのときだけ文字《もじ》が現《あら》われるなんて」

美希《みき》は話《はなし》を聞《き》き、とまどう。

「しかも『呪《のろい》』って。呪《のろ》いが解《と》けてないってことだよね？」

健太《けんた》は完全《かんぜん》におびえきっていた。

圭一郎《けいいちろう》は翌日《よくじつ》から体調《たいちょう》を崩《くず》し、学校《がっこう》を休《やす》むようになったのだという。

うわさはあっという間《ま》に広《ひろ》がり、「禁断《きんだん》の言葉《ことば》の呪《のろ》い」として学校中《がっこうじゅう》で話題《わだい》になっているらしい。


「まさに不可思議事件《ふかしぎじけん》ですね。だけど、わたくしたちならきっと解《と》けるはずであります！」


尾狩刑事《おかるけいじ》は拳《こぶし》を強《つよ》く握《にぎ》りしめて、気合《きあい》を入《い》れた。

だがそんな彼女《かのじょ》に、真実《しんじつ》が冷静《れいせい》に言《い》う。

「圭一郎《けいいちろう》くんが体調《たいちょう》を崩《くず》しているのは、おそらく呪《のろ》いのせいじゃありません」

「どういうことです？　だったらなぜ長谷川圭一郎《はせがわけいいちろう》さんは体調《たいちょう》を？」

「『呪《のろ》われたと思《おも》っている』せいですよ。そもそも、むらさきかがみの呪《のろ》いは、その言葉《ことば》を

20歳《はたち》まで覚《おぼ》えていたら、呪《のろ》われて死《し》んでしまうというものです。もし呪《のろ》いが本当《ほんとう》だとしても、その言葉《ことば》を知《し》ったからといってすぐに命《いのち》を落《お》とすようなものじゃない」

「そう言《い》われればそうだよねぇ」

健太《けんた》がうなずく。

しかし、すぐに美希《みき》が反論《はんろん》した。

「だけど、彩《あや》さんも圭一郎《けいいちろう》くんも現《あらわ》れるはずのない『呪《のろい》』って文字《もじ》を見《み》ちゃったんだよ？　怖《こわ》くなって当然《とうぜん》だよ」

「問題《もんだい》は、なぜ呪《のろ》いという文字《もじ》が現《あらわ》れたか、のようだね。同《おな》じバケツを使《つか》って同《おな》じことをやったのに彩《あや》さんのときは何《なに》も起《お》きなくて、圭一郎《けいいちろう》くんのときだけ文字《もじ》が浮《う》かび上《あ》がった。儀式《ぎしき》についていちばんくわしいのは伸樹《のぶき》くんだ。彼《かれ》に会《あ》って話《はなし》を聞《き》いてみよう」

真実《しんじつ》はそう言《い》うと、イスから立《た》ち上《あ》がった。

翌日《よくじつ》。真実《しんじつ》と健太《けんた》と美希《みき》は、尾狩刑事《おかるけいじ》とともに、仲樹《のぶき》の家《いえ》にやってきた。仲樹《のぶき》は刑事《けいじ》が来《き》たことに驚《おどろ》いたものの、みんなを家《いえ》に招《まね》き入《い》れた。

「ぼくが呪《のろ》いの言葉《ことば》を言《い》っちゃったせいだ」

真実《しんじつ》たちを自分《じぶん》の部屋《へや》に招《まね》いた仲樹《のぶき》は、圭一郎《けいいちろう》が体調《たいちょう》を崩《くず》してしまい、落《お》ち込《こ》んでいるようだ。

「ご自分《じぶん》を責《せ》めることはありません！　あなたが状況《じょうきょう》を話《はな》してくださることで、圭一郎《けいいちろう》さんを救《すく》えるかもしれないのであります！」

尾狩刑事《おかるけいじ》は仲樹《のぶき》に強《つよ》い口調《くちょう》で言《い》う。

「そうだよね。仲樹《のぶき》くんは悪《わる》くないよ。呪《のろ》いを解《と》こうと必死《ひっし》に頑張《がんば》ったもん」

「うんうん。だから落《お》ち込《こ》まなくていいと思《おも》うよ」

美希《みき》と健太《けんた》も励《はげ》ます。

「だけど……、そのせいで圭一郎《けいいちろう》くんは」

圭一郎《けいいちろう》だけに『呪《のろい》』という文字《もじ》が現《あらわ》れてしまった。

「儀式《ぎしき》なんかするべきじゃなかったんだ」

仲樹《のぶき》はますます落《お》ち込《こ》んだ様子《ようす》をみせた。

そんな仲樹《のぶき》に、真実《しんじつ》が話《はな》しかけた。

「一《ひと》つお願《ねが》いしてもいいいかな？」

「あ、うん」

「きみは、むらさきかがみの呪《のろ》いを解《と》く儀式《ぎしき》を、知《し》り合《あ》いのお兄《にい》さんから聞《き》いたそうだけど、そのお兄《にい》さんに会《あ》わせてもらえるかい？」

「え、あ、ええっと」

突然《とつぜん》、仲樹《のぶき》の表情《ひょうじょう》がこわばる。

「ええっと、それはその、お兄《にい》さんは遠《とお》くに引《ひ》っ越《こ》しちゃって」

「名前《なまえ》は？」

「名前《なまえ》？　それはええっと、公園《こうえん》でたまに会《あ》っただけで名前《なまえ》までは知《し》らなくて」

仲樹《のぶき》はしどろもどろになりながら答《こた》える。

真実《しんじつ》は、そんな仲樹《のぶき》をじっと見《み》つめていた。

やがて、真実《しんじつ》たちは仲樹《のぶき》との話《はなし》を終《お》え、帰《かえ》ることにした。

仲樹《のぶき》は急《きゅう》に体調《たいちょう》が悪《わる》くなったらしく、代《か》わりに彼《かれ》の母親《ははおや》が一同《いちどう》を玄関《げんかん》まで見送《みおく》った。

「体調《たいちょう》が悪《わる》くなったなんて、まさか仲樹《のぶき》くんも呪《のろ》われたのかな」

健太《けんた》は母親《ははおや》に聞《き》こえないように小声《こごえ》で美希《みき》に言《い》う。

だが、それを隣《となり》で聞《き》いていた真実《しんじつ》が首《くび》を小《ち》さく横《よこ》に振《ふ》った。

「そうじゃないと思《おも》うよ」

真実《しんじつ》は母親《ははおや》のほうを見《み》た。

「事件《じけん》が起《お》きる前《まえ》、仲樹《のぶき》くんに何《なに》か変《か》わったことはありませんでしたか？」

「真実《しんじつ》くん、どういうこと？」

健太《けんた》が首《くび》をかしげる。美希《みき》も尾狩刑事《おかるけいじ》も意《い》

味《み》がよくわからないようだった。

「どんなことでもいいです。いつもと違《ちが》うことをしていませんでしたか？　たとえば普段《ふだん》は買《か》わないようなものを買《か》ってきたとか」

「普段《ふだん》は買《か》わないようなもの？　ずいぶん前《まえ》のことだからあまり覚《おぼ》えてないけど」

だが、母親《ははおや》は突然《とつぜん》、「あっ」と声《こえ》をあげた。

「そういえば、事件《じけん》の前《まえ》の日《ひ》だったかしら。あの子《こ》、授業《じゅぎょう》で必要《ひつよう》なものを買《か》うからお金《かね》をちょうだいって言《い》ってきたの。たしか『絵《え》の具《ぐ》』と『塩《しお》』と『じゃがいも』を使《つか》うって言《い》って。変《へん》な組《く》み合《あ》わせだからみょうに気《き》になったのよ」

「へー、何《なん》の授業《じゅぎょう》に使《つか》うんだろう？」

それを聞《き》き、健太《けんた》は首《くび》をかしげる。


「絵《え》の具《ぐ》に、塩《しお》とじゃがいも……」

一方《いっぽう》、真実《しんじつ》は口《くち》もとに手《て》を当《あ》てて、何《なに》かを考《かんが》えていた。


「結局《けっきょく》、ますますナゾが深《ふか》まった感《かん》じですね」

帰《かえ》り道《みち》。尾狩刑事《おかるけいじ》は小《ちい》さな袋《ふくろ》に入《はい》った何《なに》かを食《た》べながら、真実《しんじつ》たちにそう言《い》った。

「ねえ、何《なに》を食《た》べてるの？」

「美希《みき》さん。これは『金平糖《こんぺいとう》』という砂糖《さとう》で作《つく》られたお菓子《かし》です。甘《あま》い物《もの》を食《た》べると頭《あたま》の回《かい》転《てん》が速《はや》くなると言《い》われているので、最近《さいきん》よく食《た》べるようにしているんです。みなさんもどうぞ。おいしいですよ」

尾狩刑事《おかるけいじ》は色鮮《いろあざ》やかな金平糖《こんぺいとう》を真実《しんじつ》たちに分《わ》けた。

「だけどわたくし、先《さき》ほどから必死《ひっし》に頭《あたま》を回転《かいてん》させてますが、まったくもってナゾが解《と》けません。金平糖《こんぺいとう》の力《ちから》がまだまだ足《た》りないようであります」

尾狩刑事《おかるけいじ》は金平糖《こんぺいとう》を次《つぎ》から次《つぎ》へと食《た》べながらそう言《い》う。

「いっぱい食《た》べればいいってものじゃないと思《おも》うけど」

健太《けんた》はあきれるが、尾狩刑事《おかるけいじ》と同《おな》じく、真相《しんそう》はまったくわからない。本当《ほんとう》に呪《のろ》いがあるとしか思《おも》えなかった。

そのとき、真実《しんじつ》が何《なに》かを見《み》つけ、ふとコンビニの前《まえ》で立《た》ち止《ど》まった。

「あれは……。そうか」

真実《しんじつ》は、健太《けんた》たちのほうを見《み》た。

「ナゾは解《と》けたよ」

「え？　本当《ほんとう》ですか⁇」

「尾狩刑事《おかるけいじ》、犯人《はんにん》はある科学《かがく》トリックを使《つか》って、『呪《のろい》』という文字《もじ》を圭一郎《けいいちろう》くんたちに見《み》せたんです。あれがそのヒントです」

真実《しんじつ》はコンビニの店先《みせさき》を指《ゆび》さす。そこには、どこまでも広《ひろ》がる海《うみ》の写真《しゃしん》が

金平糖《こんぺいとう》
ごつごつした球《たま》のような形《かたち》の砂糖菓子《さとうがし》。戦国時代《せんごくじだい》の1569年《ねん》にポルトガルの宣教師《せんきょうし》が織田信長《おだのぶなが》に贈《おく》ったとされ、江戸時代《えどじだい》には日本《にほん》でも作《つく》られるようになった。

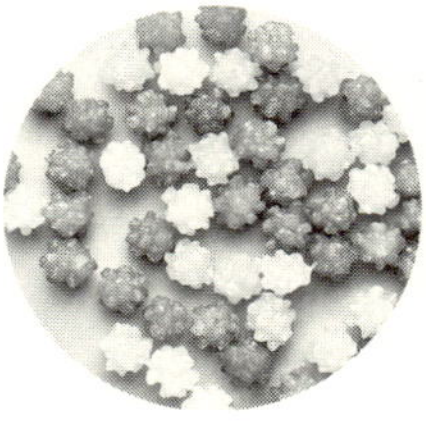

プリントされた、新発売《しんはつばい》の飲《の》み物《もの》のポスターが貼《は》られていた。

「あの写真《しゃしん》が何《なに》か関係《かんけい》あるのですか？」

尾狩刑事《おかるけいじ》の言葉《ことば》に、真実《しんじつ》は「ええ」と答《こた》えた。

「海水《かいすい》が大《おお》きなヒントです。そして、今回《こんかい》の騒動《そうどう》の犯人《はんにん》は、——仲樹《のぶき》くんです」

「えええ??」

「仲樹《のぶき》くんは知《し》り合《あ》いのお兄《にい》さんに儀式《ぎしき》を教《おし》えてもらったと言《い》っていた。だけどそのお兄《にい》さんのことを聞《き》いたとき、あたふたしていていました。おそらく、そんな話《はなし》をしたお兄《にい》さんなんていないはずです」

「仲樹《のぶき》くんがウソをついてたってこと？」

健太《けんた》の言葉《ことば》に、真実《しんじつ》は大《おお》きくうなずいた。

「仲樹《のぶき》くんは呪《のろ》いを解《と》く儀式《ぎしき》をする前《まえ》の日《ひ》に絵《え》の具《ぐ》を買《か》った。バケツの中《なか》の水《みず》をむらさき色《いろ》にするためだろう。だけど健太《けんた》くん、何《なに》か変《へん》だとは思《おも》わないかい？」

「ええっと、それは……、あっ！ まだむらさきかがみの話《はなし》を圭一郎《けいいちろう》くんたちにしていないのに、儀式《ぎしき》の準備《じゅんび》をしていたってことだよね？」

「そう。仲樹《のぶき》くんはうっかりむらさきかがみという言葉《ことば》を言《い》ったように見《み》せかけて、本当《ほんとう》は最初《さいしょ》から圭一郎《けいいちろう》くんたちにその言葉《ことば》を言《い》うつもりだったんだ」

健太《けんた》と美希《みき》はそれを聞《き》き、とまどう。

すると、尾狩刑事《おかるけいじ》が口《くち》を開《ひら》いた。

「だけど、儀式《ぎしき》は彩《あや》さんもやりましたよ？」

彩《あや》が儀式《ぎしき》をやったとき、『呪《のろい》』という文字《もじ》は現《あらわ》れなかった。

文字《もじ》が現《あらわ》れたのは、圭一郎《けいいちろう》のときだけだったのだ。

すると、真実《しんじつ》がほほえんだ。

「それも、仲樹《のぶき》くんの作戦《さくせん》だったんです。おそらく、仲樹《のぶき》くんは圭一郎《けいいちろう》くんが儀式《ぎしき》をやったときだけ、『呪《のろい》』の文字《もじ》が現《あらわ》れるようにしたんです。

科学《かがく》で解《と》けないナゾはない。

ヒントは、伸樹《のぶき》くんが用意《ようい》した『聖水《せいすい》』。
そして絵《え》の具《ぐ》と一緒《いっしょ》に買《か》ったという『塩《しお》』と『じゃがいも』だ」
伸樹《のぶき》は、どうやって圭一郎《けいいちろう》にだけ『呪《のろい》』の文字《もじ》を見《み》せたのだろうか？

解《かい》決《けつ》編《へん》

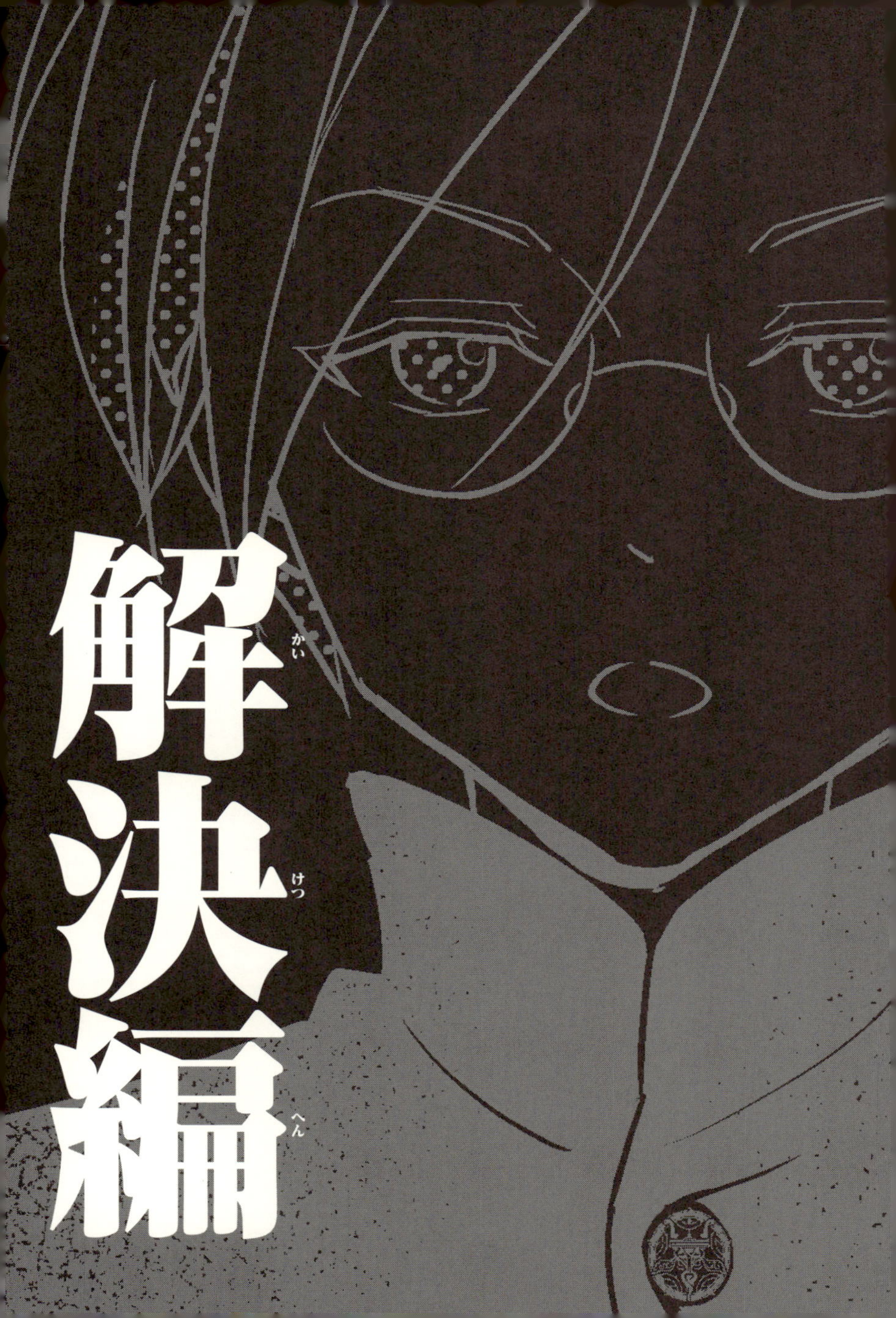

翌日《よくじつ》。真実《しんじつ》たちは、彩《あや》の家《いえ》に仲樹《のぶき》を招《まね》いた。

「あの、用事《ようじ》っていうのはなんなの？」

2階《かい》にある彩《あや》の部屋《へや》には、彩《あや》と真実《しんじつ》と美希《みき》がいた。仲樹《のぶき》はオドオドしながら真実《しんじつ》たちを見《み》ていた。

真実《しんじつ》に用事《ようじ》があると言《い》って呼《よ》び出《だ》されたのだ。

「謎野《なぞの》くんたちが今《いま》から呪《のろ》いを解《と》く儀式《ぎしき》をしたいんだって」

彩《あや》が真剣《しんけん》な表情《ひょうじょう》で言《い》う。

「どういうこと？」

仲樹《のぶき》が不安《ふあん》そうにたずねると、美希《みき》が答《こた》えた。

「仲樹《のぶき》くん。わたしたちも事件《じけん》の話《はなし》を聞《き》いて禁断《きんだん》の言葉《ことば》を知《し》ってしまったでしょ。初《はじ》めは呪《のろ》いなんてないと思《おも》っていたけど、だんだん怖《こわ》くなってきたの」

「それで儀式《ぎしき》をするってこと？」

「ああ、協力《きょうりょく》してくれるかい？」

真実《しんじつ》は、仲樹《のぶき》を見《み》ながら言《い》った。

そのとき、ドアが開《ひら》き、尾狩刑事《おかるけいじ》と健太《けんた》が入《はい》ってきた。

尾狩刑事《おかるけいじ》がテーブルの上《うえ》にバケツを置《お》く。そこには、むらさき色《いろ》の水《みず》が入《はい》っている。

健太《けんた》はお盆《ぼん》を持《も》っていて、上《うえ》には水《みず》の入《はい》った五《いつ》つのコップが載《の》っていた。

「仲樹《のぶき》くんがやった儀式《ぎしき》をまねてみたんだ。ちゃんと合《あ》っているかどうか、チェックしてもらえるかな」

「あ、そういうことか」

仲樹《のぶき》は、真実《しんじつ》の言葉《ことば》で呼《よ》ばれた理由《りゆう》がわかり、なんだか少《すこ》しホッとしていた。真実《しんじつ》はその姿《すがた》を確認《かくにん》するかのように見《み》つめる。

「それじゃあ、さっそく儀式《ぎしき》を始《はじ》めよう」

真実《しんじつ》がそう言《い》うと、バケツの周《まわ》りに健太《けんた》と美希《みき》と尾狩刑事《おかるけいじ》が座《すわ》った。

「これで呪《のろ》いが解《と》けるんですね」

「ずっと怖《こわ》かったよね」

尾狩刑事《おかるけいじ》と美希《みき》が言《い》う。

「美希《みき》ちゃん、ぼく昨日《きのう》眠《ねむ》れなかったよ。20歳《はたち》になったら、『むらさきかがみ』の呪《のろ》いで死《し》んじゃうと思《おも》って」

「あ、健太《けんた》くん！」

美希《みき》が急《きゅう》に大《おお》きな声《こえ》を出《だ》した。

「むらさきかがみって言《い》っちゃダメだよ！　仲樹《のぶき》くんたちがまた呪《のろ》われちゃうよ！」

「え、ぼくたちが？」

仲樹《のぶき》はキョトンとした顔《かお》で言《い》う。真実《しんじつ》はそんな仲樹《のぶき》をじっと見《み》つめた。

「仲樹《のぶき》くん、彩《あや》さん、２人《ふたり》も念《ねん》のためにもう一度《いちど》儀式《ぎしき》をやったほうがいい」

「え、ええっと、だけど」

仲樹《のぶき》はとまどう。

「仲樹《のぶき》くん、真実《しんじつ》くんの言《い》うとおりかも」

「彩《あや》ちゃん」

「わたし、また呪《のろ》われるのはイヤだもん！」

彩《あや》は水《みず》の入《はい》ったコップを手《て》に取《と》った。

「みがかきさらむ……、みがかきさらむ……」

バケツの中《なか》に自分《じぶん》の顔《かお》を映《うつ》しながら、むらさき色《いろ》の水《みず》にコップの水《みず》を勢《いきお》いよく加《くわ》えていく。

「みがかきさらむ……、みがかきさらむ……みがかきさらむ……」

そして、5回呪文《かいじゅもん》を言《い》い終《お》わった。

真実《しんじつ》は仲樹《のぶき》のほうを見《み》る。

「次《つぎ》は仲樹《のぶき》くんだ。健太《けんた》くん、また水《みず》を入《い》れてきてもらえるかな」

「うん、わかったよ」

健太《けんた》は五《いつ》つのコップをお盆《ぼん》に載《の》せ、バケツを手《て》に部屋《へや》を出《で》て行《い》く。

数分後《すうふんご》、コップに水《みず》を入《い》れて戻《もど》ってきた。

「さあ、仲樹《のぶき》くん、儀式《ぎしき》をやろう」

「あ、うん。そうだね。やったほうがいいよね」

仲樹《のぶき》は、水《みず》の入《はい》ったコップを手《て》に取《と》った。

「みがかきさらむ……」

コップの水《みず》を、バケツの中《なか》に勢《いきお》いよく加《くわ》える。

「みがかきさらむ……、
みがかきさらむ……、
みがかきさらむ……
みがかきさらむ……」

さらに水《みず》をバケツのむらさき色《いろ》の水《みず》に勢《いきお》いよく加《くわ》えていく。
そして無事《ぶじ》、5回《かい》言《い》い終《お》わり、儀式《ぎしき》を終《お》えた。
「これで、ぼくも呪《のろ》いは解《と》けたはず——」
伸樹《のぶき》はそう言《い》ってふとバケツを見《み》た。
瞬間《しゅんかん》、むらさき色《いろ》の水《みず》の中《なか》から、何《なに》かが浮《う》かんできた。
それは白《しろ》い文字《もじ》だ。

『呪《のろい》』

「ああっ！」

仲樹《のぶき》は思《おも》わず叫《さけ》ぶ。

だが、真実《しんじつ》たちも彩《あや》も、まったく驚《おどろ》いていなかった。

「今日来《きょうき》てもらったのは、仲樹《のぶき》くん、きみに儀式《ぎしき》を行《おこな》わせるためだったんだよ」

真実《しんじつ》は仲樹《のぶき》を見《み》ながらはっきりとした口調《くちょう》でそう言《い》った。

すべては芝居《しばい》だったのだ。

それを知《し》り、とまどう仲樹《のぶき》に、真実《しんじつ》は話《はなし》を続《つづ》ける。

「3カ月前《げつまえ》、彩《あや》さんと圭一郎《けいいちろう》くんを家《いえ》に招《まね》いたとき、きみはこれと同《おな》じことをしたんだね？」

真実《しんじつ》は、どうやって文字《もじ》が浮《う》かんできたのか、そのトリックを説明《せつめい》した。

「きみは、『密度《みつど》』を利用《りよう》したんだ」

密度《みつど》
ものがどれぐらい詰《つ》まっているかを表《あらわ》す単位《たんい》。同《おな》じ体積《たいせき》（大《おお》きさ）のものの重《おも》さを比《くら》べたとき、重《おも》いほうは密度《みつど》が大《おお》きく、軽《かる》いほうは密度《みつど》が小《ちい》さい。

　3カ月前《げつまえ》、彩《あや》たちが儀式《ぎしき》を行《おこな》ったとき、バケツの水《みず》の中《なか》には、最初《さいしょ》から『呪《のろい》』という形《かたち》に切《き》られたあるものが入《はい》っていた。

「それは、じゃがいもだよ」

　伸樹《のぶき》は『呪《のろい》』の形《かたち》に切《き》られたじゃがいもを、むらさき色《いろ》の水《みず》の中《なか》に沈《しず》めていたのだ。

「バケツの水《みず》に絵《え》の具《ぐ》で色《いろ》をつけたのは、沈《しず》んでいるじゃがいもを見《み》えなくするためだ。そして、圭一郎《けいいちろう》くんが『みがかきさらむ』と言《い》いながらコップの中《なか》の液《えき》体《たい》をバケツの水《みず》の中《なか》に勢《いきお》いよく加《くわ》えていく。すると、水《みず》の密度《みつど》が変《か》わって、じゃがいもが浮《う》かび上《あ》がった」

　真実《しんじつ》はむらさき色《いろ》の水《みず》に浮《う》かんでいるじゃがいもを見《み》つめる。

「密度《みつど》というのは、ものがどれぐらい詰《つ》まっているか

水《みず》の密度《みつど》と野菜《やさい》の関係《かんけい》

を表《あらわ》している。じゃがいもは水《みず》より密度《みつど》が大《おお》きいから、最初《さいしょ》水《みず》の中《なか》に沈《しず》んでいたんだ。だけど、コップの中《なか》の液体《えきたい》を入《い》れることによって、バケツの中《なか》の液体《えきたい》の密度《みつど》をじゃがいもより大《おお》きくした。その結果《けっか》、じゃがいもが浮《う》かんできたんだ」

しかし、それを聞《き》いていた健太《けんた》が口《くち》をはさんだ。

「だけど、真実《しんじつ》くん。この前《まえ》の儀式《ぎしき》は圭一郎《けいいちろう》くんだけじゃなくて、彩《あや》ちゃんもやったんだよ？　今回《こんかい》も最初《さいしょ》に彩《あや》ちゃんがやったけど、じゃがいもは浮《う》かんでこなかった。どうして彩《あや》ちゃんがやったときは浮《う》いてこなかったの？」

「健太《けんた》くん、きみに水《みず》の入《はい》った五《いつ》つのコップを2回用意《かいようい》してもらっただろう？　1回目《かいめ》と2回目《かいめ》、どんな水《みず》をコップに入《い》れたか覚《おぼ》えているかい？」

「ええっと、1回目《かいめ》は普通《ふつう》の水《みず》で、2回目《かいめ》は水《みず》の中《なか》に『塩《しお》』を加《くわ》えたよ」

「そう。今回彩《こんかいあや》さんが使《つか》った聖水《せいすい》は、普通《ふつう》の水《みず》。そして伸樹《のぶき》くんが使《つか》った聖水《せいすい》は、塩水《しおみず》だったんだ」

真実《しんじつ》は伸樹《のぶき》のほうを見《み》る。

「塩水《しおみず》を勢《いきお》いよく加《くわ》えることによって、バケツの中《なか》の水全体《みずぜんたい》に塩水《しおみず》が混《ま》ざり、密度《みつど》が大《おお》きくなった。だから『呪《のろい》』という形《かたち》に切《き》られたじゃがいもが浮《う》いてきたんだ。きみは、圭一郎《けいいちろう》くんのときにも同《おな》じように塩水《しおみず》の入《はい》ったコップを渡《わた》したんだね？」

伸樹《のぶき》が彩《あや》たちをだました3カ月前《げつまえ》の儀式《ぎしき》のとき、伸樹《のぶき》は圭一郎《けいいちろう》のために一度《いちど》、五《いつ》つのコップに新《あたら》しい水《みず》を入《い》れにいった。そのとき、塩水《しおみず》を入《い》れて戻《もど》ってきたのだ。

じゃがいもが浮《う》くトリック

1　バケツにじゃがいもと色水《いろみず》を入《い》れる

2　色水《いろみず》より密度《みつど》が大《おお》きい塩水《しおみず》を加《くわ》える

3　色水《いろみず》の密度《みつど》がじゃがいもより大《おお》きくなり、じゃがいもは浮《う》く

すると、それを聞《き》いていた尾狩刑事《おかるけいじ》が「なるほど」と言《い》った。

「真実《しんじつ》さんは先日《せんじつ》、コンビニに貼《は》られていた『海《うみ》』のポスターがヒントだと言《い》っていました。あれは海水《かいすい》が塩水《しおみず》だったからなのですね」

尾狩刑事《おかるけいじ》の言葉《ことば》に、真実《しんじつ》はうなずいた。

「仲樹《のぶき》くん。きみは前回《ぜんかい》、『呪《のろい》』という文字《もじ》が浮《う》かび上《あ》がったあと、バケツの中《なか》をチェックした。そのとき、うしろにいる彩《あや》さんたちに見《み》えないように、浮《う》いたじゃがいもをひそかに取《と》り出《だ》し、部屋《へや》から出《で》ていったんだね？」

仲樹《のぶき》はむらさき色《いろ》の水《みず》を捨《す》てに行《い》くフリをして、バケツの中《なか》の液体《えきたい》とじゃがいもを処分《しょぶん》し、トリックを見破《みやぶ》られずにすんだのだ。

「そ、それはええっと、だからええっと」

仲樹《のぶき》はジリジリとうしろに下《さ》がる。次《つぎ》の瞬間《しゅんかん》——、

「うわあああ！」

仲樹《のぶき》は叫《さけ》びながら部屋《へや》から飛《と》び出《だ》した。

「あ、ちょっと!」

美希《みき》はあわてて伸樹《のぶき》を追《お》おうとする。だがドアが開《あ》かない。

「ドアの外《そと》に何《なに》かあるみたい」

美希《みき》がそう言《い》うと、彩《あや》が「あっ」と声《こえ》をあげた。

「廊下《ろうか》に花瓶《かびん》を飾《かざ》る台《だい》があるんだけど、伸樹《のぶき》くんがそれを動《うご》かしたのかも」

その台《だい》がドアの前《まえ》に置《お》かれているせいで開《あ》かないのだ。

「あ、伸樹《のぶき》くん、外《そと》に出《で》ちゃったよ!」

健太《けんた》が窓《まど》から外《そと》を見《み》て声《こえ》をあげる。伸樹《のぶき》は家《いえ》から出《で》てしまったようだ。

すると、尾狩刑事《おかるけいじ》が健太《けんた》の横《よこ》に立《た》った。

「わたくしに任《まか》せてください!」

「任《まか》せてって、どうするの?」

「健太《けんた》さん、みなさん、危険《きけん》だから絶対《ぜったい》にマネをしてはいけませんよ!」

尾狩刑事《おかるけいじ》はそうたしなめると、窓《まど》から身《み》を乗《の》り出《だ》した。

「**待《ま》ちなさい！　ハッ！**」

かけ声《ごえ》とともに、尾狩刑事《おかるけいじ》は窓《まど》から身《み》を乗《の》り出《だ》す。

窓枠《まどわく》に足《あし》をかけ大《おお》きくジャンプすると、彩《あや》の家《いえ》の塀《へい》に飛《と》び降《お》りた。

さらにその塀《へい》の上《うえ》を走《はし》り、端《はし》まで行《い》くと跳《は》ねるようにジャンプし、地面《じめん》に着地《ちゃくち》した。

「**うわっ！**」

目《め》の前《まえ》に、仲樹《のぶき》の姿《すがた》がある。尾狩刑事《おかるけいじ》は真剣《しんけん》な表情《ひょうじょう》で仲樹《のぶき》を見《み》つめた。

「逃《に》げるのはよくないです！　逃《に》げてしまっては、解決《かいけつ》できる問題《もんだい》も解決《かいけつ》できなくなってしまいますよ！」

「それは……」

仲樹《のぶき》はその言葉《ことば》を聞《き》き、逃《に》げるのをあきらめたのか、肩《かた》を落《お》とす。

尾狩刑事《おかるけいじ》はみごと仲樹《のぶき》に追《お》いつくことに成功《せいこう》したのだった。

真実《しんじつ》たちは忍者顔負《にんじゃかおま》けの尾狩刑事《おかるけいじ》の動《うご》きに圧倒《あっとう》されていた。

「ごめんなさい。パニックになってつい逃《に》げ出《だ》しちゃって……」

しばらくして、尾狩刑事《おかるけいじ》に連《つ》れられ彩《あや》の部屋《へや》に戻《もど》ってきた仲樹《のぶき》は、みんなに謝《あやま》った。

そんな仲樹《のぶき》に、彩《あや》が声《こえ》をかける。

「どうして、わたしと圭一郎《けいいちろう》くんにむらさきかがみの呪《のろ》いなんてしたの？　謎野《なぞの》くんに犯人《はんにん》は仲樹《のぶき》くんだって聞《き》いて、わたしびっくりしたんだよ」

彩《あや》は先《さき》ほど真実《しんじつ》から話《はなし》を聞《き》き、仲樹《のぶき》に儀式《ぎしき》を行《おこな》わせるために協力《きょうりょく》していた。

「ええっとそれは……」

仲樹《のぶき》はうろたえながらも、彩《あや》たちの顔《かお》を見《み》る。そして何《なに》かを決意《けつい》すると、ゆっくりとしゃべった。

「ぼくはただ……、圭一郎《けいいちろう》くんをちょっと怖《こわ》がらせようと思《おも》ったんだ」

圭一郎《けいいちろう》は家《いえ》に来《く》るたびに、仲樹《のぶき》が大切《たいせつ》にしていたプラモデルをさわっていた。

「5年生《ねんせい》のとき、それでプラモデルが壊《こわ》れて」

仲樹《のぶき》はそれを許《ゆる》せなく思《おも》い、今回《こんかい》の計画《けいかく》を思《おも》いついたのだという。

「だけど、こんなに大《おお》ごとになるなんて。ぼく、どうすればいいのかわからなくなって。今《いま》も逃《に》げ出《だ》しちゃったけど、あのとき、刑事《けいじ》さんに言《い》われたんだ。逃《に》げたら、解決《かいけつ》できる問題《もんだい》も解決《かいけつ》できなくなってしまうって」

仲樹《のぶき》はその言葉《ことば》で、正直《しょうじき》にすべてを話《はな》そうと思《おも》ったのだ。

「……圭一郎《けいいちろう》くんに謝《あやま》りたい」

仲樹《のぶき》は泣《な》きそうな顔《かお》で言《い》う。彩《あや》もうなずく。

尾狩刑事《おかるけいじ》は、仲樹《のぶき》の肩《かた》にそっと手《て》を置《お》いた。

「あなたも、本当《ほんとう》のことが言《い》えずにつらかったんですね。一緒《いっしょ》に謝《あやま》りに行《い》きましょう」

優《やさ》しくほほえむ。仲樹《のぶき》は泣《な》きながら「ありがとうございます」と礼《れい》を言《い》った。

「本当《ほんとう》にごめんなさい」

夕方《ゆうがた》、真実《しんじつ》たちは仲樹《のぶき》とともに、圭一郎《けいいちろう》の家《いえ》を訪《たず》ねた。

仲樹《のぶき》は泣《な》きながら圭一郎《けいいちろう》に何度《なんど》も謝《あやま》る。

そんな仲樹《のぶき》を見《み》て、圭一郎《けいいちろう》は困惑《こんわく》しながらも、やがて口《くち》を開《ひら》いた。

「仲樹《のぶき》、顔《かお》を上《あ》げて。原因《げんいん》はぼくがプラモデルを壊《こわ》したせいなんだから。仲樹《のぶき》がプラモデルをそこまで大事《だいじ》にしてるとは思《おも》ってなくて。ぼくね、学校《がっこう》を休《やす》んでる間《あいだ》、ずっと仲樹《のぶき》に会《あ》いたいと思《おも》ってたんだよ。だって親友《しんゆう》だと思《おも》ってるから」

「圭一郎《けいいちろう》くん……」

「仲樹《のぶき》、ごめんな。また仲良《なかよ》く遊《あそ》ぼ」

「う、うん！」

仲樹《のぶき》と圭一郎《けいいちろう》は笑顔《えがお》で握手《あくしゅ》をした。

「よかった～」

彩《あや》もホッとする。

「今回《こんかい》も、本当《ほんとう》の不可思議事件《ふかしぎじけん》じゃなかったみたいね」

美希《みき》は事件《じけん》が解決《かいけつ》してうれしく思《おも》いながらも、不可思議事件《ふかしぎじけん》ではなかったことに少《すこ》しガッカリしていた。

一方《いっぽう》、真実《しんじつ》は仲樹《のぶき》を見《み》て何《なに》かを思《おも》っていた。

そんな真実《しんじつ》に気《き》づき、健太《けんた》が声《こえ》をかける。

「**どうしたの？**」

「あ、いや、べつに」

真実《しんじつ》はそう言《い》いながらも、何《なに》かを考《かんが》え続《つづ》けていた。

そんななか、尾狩刑事《おかるけいじ》が小《ちい》さなため息《いき》をもらす。

「今回《こんかい》は、アリスの手《て》がかりは得《え》られませんでしたね」

アリスはこの町《まち》のことを調《しら》べていた。何《なに》か手《て》がかりがあるかもしれないと思《おも》っていたのだ。

するとふと、仲樹《のぶき》が尾狩刑事《おかるけいじ》のほうを見《み》た。

「アリスって、尾狩《おかる》アリスって子《こ》のことですか?」

「えっ、知《し》ってるんですか?」

驚《おどろ》く尾狩刑事《おかるけいじ》に、仲樹《のぶき》はうなずいた。

「3カ月前《げつまえ》、ぼくの家《いえ》に来《き》たんです。むらさきかがみの呪《のろ》いを解《と》く儀式《ぎしき》について話《はなし》を聞《き》きたいって。それで話《はなし》をしたら、彼女《かのじょ》、少《すこ》し考《かんが》えた後《あと》、『なるほど。このナゾもわかったかも』って言《い》って帰《かえ》っちゃいました」

「このナゾも、わかった……？」

真実《しんじつ》が伸樹《のぶき》のほうを見《み》る。

「アリスさんは、赤《あか》い表紙《ひょうし》の本《ほん》を持《も》っていなかったかい？」

「赤《あか》い表紙《ひょうし》の本《ほん》？　ああ、帰《かえ》りながらその本《ほん》を見《み》てたよ」

それを聞《き》き、尾狩《おかる》刑事《けいじ》たちはぼうぜんとするのだった。

「また、不可思議《ふかしぎ》事件《じけん》の現場《げんば》にアリスがいたなんて……」

帰《かえ》り道《みち》。尾狩《おかる》刑事《けいじ》は神妙《しんみょう》な顔《かお》になっていた。

「やっぱり、予言《よげん》の書《しょ》が何《なに》か関係《かんけい》してるんだよ」

健太《けんた》の言葉《ことば》に、美希《みき》はうなずく。

一方《いっぽう》、真実《しんじつ》は口《くち》もとに手《て》を当《あ》てて何《なに》かを考《かんが》えていた。

「真実《しんじつ》くん、どうしたの？」

「少《すこ》し疑問《ぎもん》に思《おも》ってね。今回《こんかい》のトリックは、本当《ほんとう》に伸樹《のぶき》くんが考《かんが》えたのかな？」

「どういうこと？」

「トリックには科学《かがく》が使《つか》われていた。帰《かえ》るとき、伸樹《のぶき》くんに理科《りか》とか科学《かがく》が好《す》きかどうか聞《き》いたんだ。そうしたら、そういうのは苦手《にがて》だと言《い》っていて」

「えええ？　じゃあ別《べつ》の人《ひと》がトリックを考《かんが》えたかもしれないってこと??」

謎《なぞ》がますます深《ふか》まる。真実《しんじつ》は口《くち》もとに手《て》を当《あ》てながらつぶやいた。

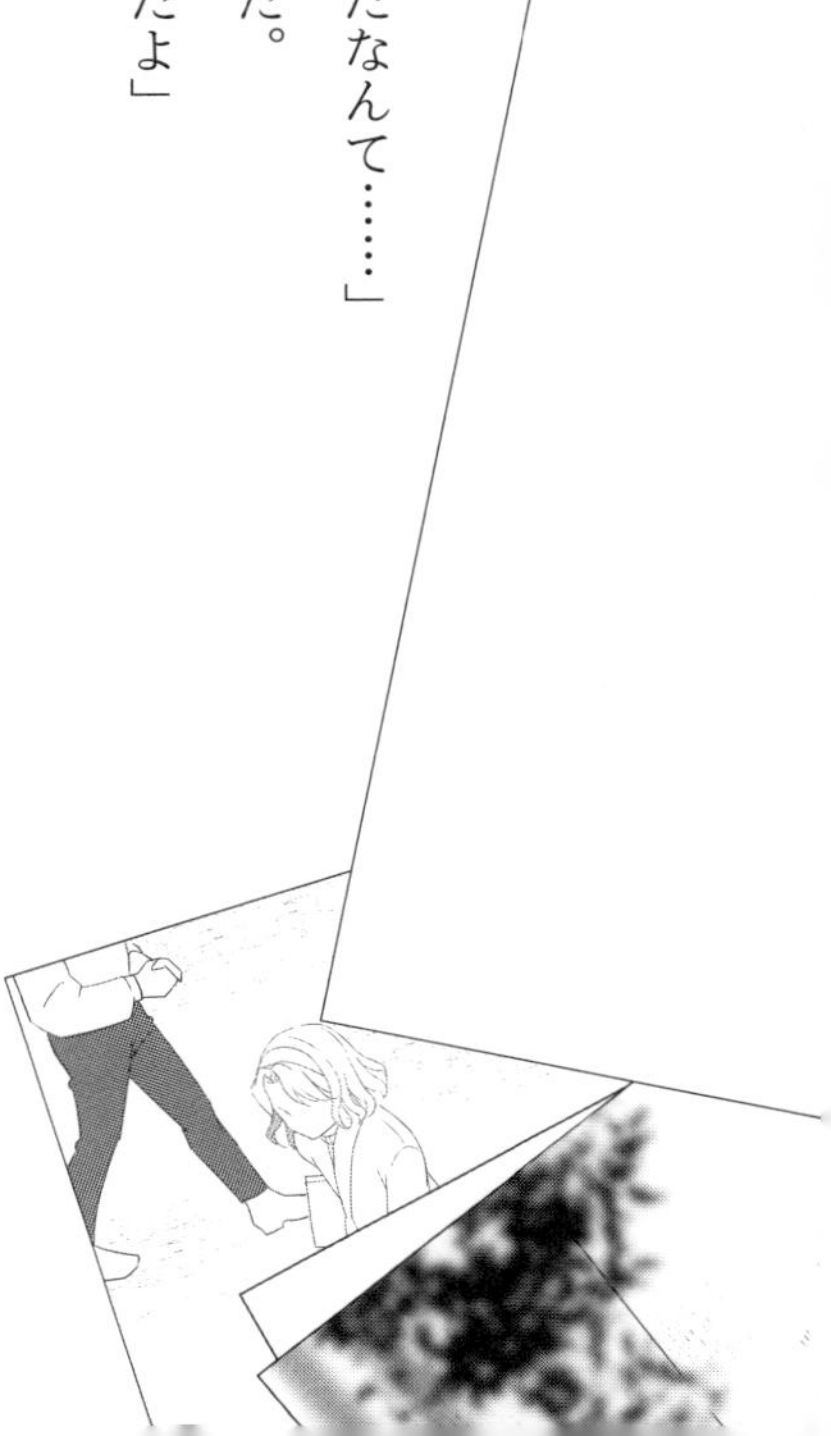

「……不可思議事件《ふかしぎじけん》は、これだけでは終《お》わらないかもしれない」

プルルル　プルルル

夜《よる》。薄暗《うすぐら》い道路《どうろ》で何《なに》かが鳴《な》っている。
それは、公衆電話《こうしゅうでんわ》だ。

プルルル　プルルル

公衆電話《こうしゅうでんわ》のそばには、人影《ひとかげ》が見《み》える。
電話《でんわ》はまるでその人《ひと》を呼《よ》んでいるかのようだ。

プルルル　プルルル　プルルル

静《しず》かな住宅地《じゅうたくち》の道路《どうろ》に、公衆電話《こうしゅうでんわ》の呼《よ》び出《だ》し音《おん》がいつまでも鳴《な》り響《ひび》いていた。

プルルルルルル…
プルルルルルル…

2

SCIENCE TRICK DATA FILE

科学《かがく》トリック データファイル

「塩水《しおみず》」の不思議《ふしぎ》

水《みず》に浮《う》かないものも、塩《しお》を溶《と》かした塩水《しおみず》には浮《う》くことがあります。これは塩水《しおみず》が何《なに》も入《はい》っていない水《みず》に比《くら》べて、※「浮力《ふりょく》」が大《おお》きくなるからです。

浮力《ふりょく》とは、水中《すいちゅう》にあるものを上《うわ》向《む》きに押《お》し上《あ》げようとする力《ちから》のことです。その力《ちから》は、水中《すいちゅう》でものが

人《ひと》がぷかぷか浮《う》く「死海《しかい》」は濃《こ》い塩水《しおみず》

中東《ちゅうとう》のイスラエルとヨルダンに接《せっ》する塩湖《えんこ》「死海《しかい》」の塩《えん》分濃度《ぶんのうど》は普通《ふつう》の海水《かいすい》の10倍《ばい》にあたる30%。塩《しお》がたくさん溶《と》けているので浮力《ふりょく》も高《たか》く、浮《う》きながら本《ほん》を読《よ》むこともできる

※『科学探偵《かがくたんてい》VS.《ブイエス》幽霊船《ゆうれいせん》の海賊《かいぞく》』182～183ページ参照《さんしょう》

押《お》しのけた液体《えきたい》の重《おも》さと等《ひと》しくなります。塩水《しおみず》は水《みず》よりも溶《と》けた塩《しお》の分《ぶん》だけ重《おも》くなるため、浮力《ふりょく》もその分《ぶん》、大《おお》きくなります。

もちろん、塩水《しおみず》ならどんなものでも浮《う》くわけではありません。ものがどれぐらい詰《つ》まっているかを「密度《みつど》」と呼《よ》びますが、液体《えきたい》よりも密度《みつど》が小《ちい》さいものは浮《う》き、密度《みつど》が大《おお》きいものは沈《しず》みます。

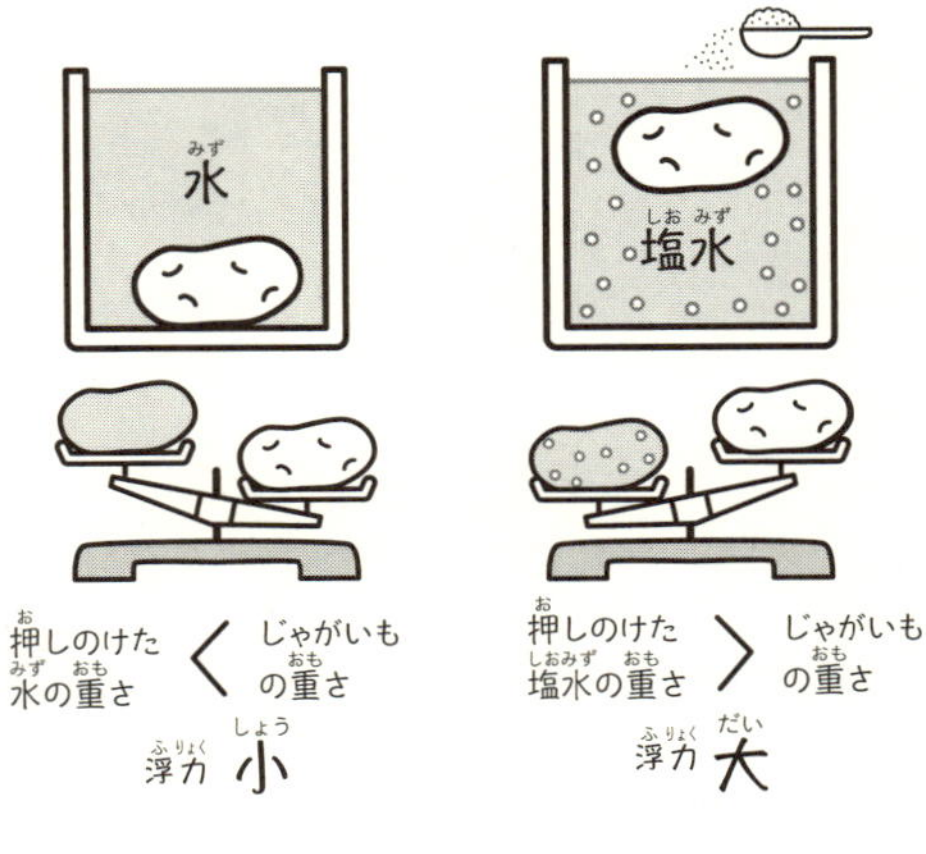

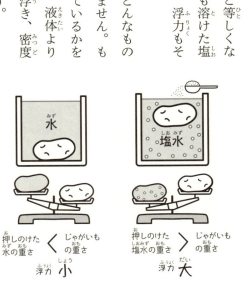

終末《しゅうまつ》の大予言《だいよげん》[前編《ぜんぺん》]3

日《に》本《ほん》滅《めつ》亡《ぼう》を告《つ》げる

予《よ》言《げん》獣《じゅう》

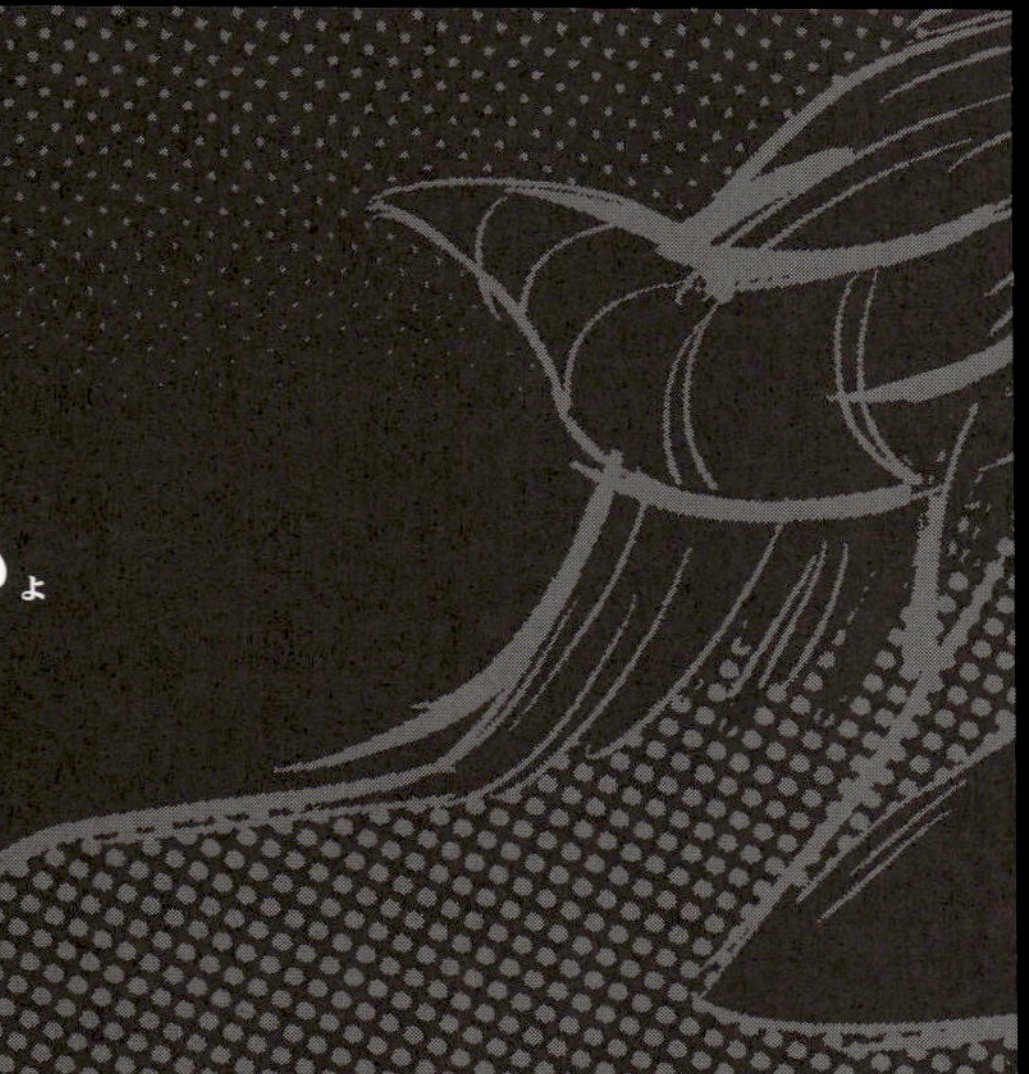

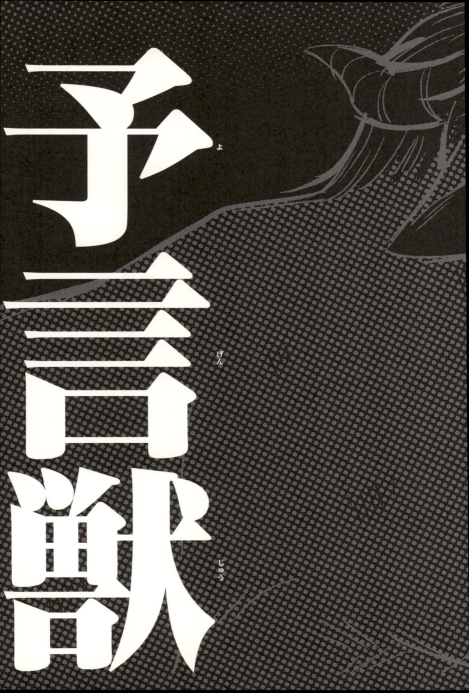

花森小学校《はなもりしょうがっこう》では、最近《さいきん》、不吉《ふきつ》なうわさがささやかれていた。

「近《ちか》く大《おお》きな災害《さいがい》が起《お》きるらしいよ」

「日本《にほん》は壊滅的《かいめつてき》な被害《ひがい》を受《う》けるんだって。この学校《がっこう》も、もしかしたらなくなっちゃうかも……」

「今《いま》から逃《に》げる準備《じゅんび》しといたほうがいいかな？」

――そんな恐《おそ》ろしい予言《よげん》のうわさだった。

「学校《がっこう》がなくなったら、給食《きゅうしょく》のフルーツポンチも食《た》べられなくなっちゃうんだよね？」

給食《きゅうしょく》の時間《じかん》、健太《けんた》はフルーツポンチを何杯《なんばい》もおかわりし、べそをかきながらかきこむ。

うわさを信《しん》じた健太《けんた》は、すっかり絶望的《ぜつぼうてき》な気分《きぶん》になっていた。

しかし、放課後《ほうかご》、6年《ねん》2組《くみ》の教室《きょうしつ》にやってきた美希《みき》は、落《お》ち込《こ》む健太《けんた》にこう言《い》った。

「うわさの出《で》どころは、うちのクラスの平田並男《ひらたなみお》くんみたいだよ」

※『科学探偵《かがくたんてい》 怪奇事件《かいきじけん》ファイル　廃病院《はいびょういん》に舞《ま》う霊魂《れいこん》』参照

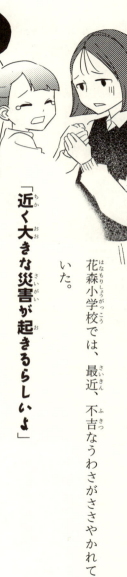

平田並男《ひらたなみお》——通称《つうしょう》・平田少年《ひらたしょうねん》は、美希《みき》と同《おな》じ6年《ねん》1組《くみ》の児童《じどう》だ。目立《めだ》ちたがり屋《や》で、お調子者《ちょうしもの》。以前《いぜん》、※インチキな催眠術《さいみんじゅつ》でみんなをだまし、真実《しんじつ》にトリックを見破《みやぶ》られた過去《かこ》がある。

「なんだ、そうだったのか。あの平田《ひらた》くんが言《い》ってるんじゃ、うわさはきっとデマだね」

健太《けんた》はホッとした。

ところが、そのとき、近《ちか》くにいた同級生《どうきゅうせい》の内村静人《うちむらしずと》がポツリとつぶやく。

「うわさは本当《ほんとう》かもしれないよ」

「えっ!?」

健太《けんた》は驚《おどろ》いて見返《みかえ》す。

静人《しずと》は、おとなしくて目立《めだ》たないが、成績優秀《せいせきゆうしゅう》でマジメな児童《じどう》だ。

催眠術《さいみんじゅつ》
暗示《あんじ》をかけて寝《ね》ているような意識《いしき》の状態《じょうたい》にすることで、人《ひと》の心《こころ》や体《からだ》を操《あやつ》る方法《ほうほう》のこと。

いたずらにデマを流《なが》して、人《ひと》の不安《ふあん》をあおるようなタイプではない。

「ある本《ほん》に書《か》いてあったんだ。件《くだん》が大《おお》きな災《わざわ》いのお告《つ》げをするって」

「えっ、件《くだん》？　それって、何《なに》？　ある本《ほん》って、マンガか何《なに》か？」

健太《けんた》が興味津々《きょうみしんしん》にたずねると、静人《しずと》はハッとして口《くち》をつぐむ。

「ごめん。塾《じゅく》があるから、もう行《い》かなきゃ」

静人《しずと》はそれだけ言《い》うと、逃《に》げるように教室《きょうしつ》を出《で》ていったのだった。


この日《ひ》の帰《かえ》り道《みち》、健太《けんた》は、真実《しんじつ》や美希《みき》とともに尾狩刑事《おかるけいじ》のもとを訪《おとず》れた。

「件《くだん》」について聞《き》いてみると、尾狩刑事《おかるけいじ》はあたふたと資料《しりょう》を探《さが》す。机《つくえ》に積《つ》み上《あ》げたファイルの山《やま》から、ようやく資料《しりょう》を見《み》つけ出《だ》すと、それを見《み》ながら解説《かいせつ》を始《はじ》めた。

「件《くだん》とは、人間《にんげん》の顔《かお》に牛《うし》の体《からだ》を持《も》つ、人面牛身《じんめんぎゅうしん》の妖怪《ようかい》であります。牛《うし》から生《う》まれて、人《ひと》の言葉《ことば》を話《はな》し、人間《にんげん》にとって重大《じゅうだい》な予言《よげん》をして、死《し》んでいくと言《い》われています」

「へえ、件《くだん》って妖怪《ようかい》だったんだぁ！　ぼく、妖怪《ようかい》にはくわしいけど、件《くだん》のことは知《し》らなかったなぁ……」

「まあ、妖怪《ようかい》といっても、人間《にんげん》に危害《きがい》を加《くわ》えたりするものではありません。しかし、件《くだん》が現《あらわ》れるのは、戦争《せんそう》や疫病《えきびょう》、大災害《だいさいがい》などで多《おお》くの命《いのち》が失《うしな》われる前触《まえぶ》れであり、ある意《い》味《み》、日本一恐《にほんいちおそ》ろしい妖怪《ようかい》といえるのであります」

健太《けんた》は、ぞーっとして震《ふる》えあがる。

尾狩刑事《おかるけいじ》によると、件《くだん》が初《はじ》めて日本《にほん》の文献《ぶんけん》に登場《とうじょう》したのは、江戸時代《えどじだい》——天保《てんぽう》の大飢饉《だいききん》のときだったという。

「現在《げんざい》の京都府宮津市《きょうとふみやづし》、倉梯山《くらはしやま》で、件《くだん》はその姿《すがた》を目撃《もくげき》されたのでありました」

(目撃《もくげき》されたってことは、本当《ほんとう》にいるってことだよね?)

健太《けんた》は、ドキドキしはじめる。

「明治時代《めいじじだい》に現《あらわ》れた件《くだん》は日露戦争《にちろせんそう》を予言《よげん》し、第《だい》2次世界大戦《じせかいたいせん》のときに現《あらわ》れた件《くだん》は『この戦争《せんそう》は今年中《ことしじゅう》に終《お》わる、日本《にほん》は戦《せん》争《そう》に負《ま》ける』と、終戦《しゅうせん》を予言《よげん》したのであります」

天保《てんぽう》の大飢饉《だいききん》
1833年《ねん》から7年《ねん》ほど続《つづ》いた、江戸時《えどじ》代《だい》の三大飢饉《さんだいききん》の一《ひと》つ。大洪水《だいこうずい》や冷夏《れいか》などの天候不順《てんこうふじゅん》によって米《こめ》の収穫《しゅうかく》が非常《ひじょう》に少《すく》なくなり、東北地方《とうほくちほう》を中心《ちゅうしん》に全国《ぜんこく》で20万《まん》〜30万人《まんにん》の餓死《がし》・疫病死《えきびょうし》が出《で》たと推定《すいてい》されている。

日露戦争《にちろせんそう》
1904年《ねん》から05年《ねん》にかけて、日本《にほん》とロシアの間《あいだ》で行《おこな》われた戦争《せんそう》。旧満州《きゅうまんしゅう》(現在《げんざい》の中《ちゅう》国東北部《ごくとうほくぶ》)と朝鮮半島《ちょうせんはんとう》の支配《しはい》をめぐって争《あらそ》い、日本《にほん》が勝利《しょうり》した。

第《だい》2次世界大戦《じせかいたいせん》
1939年《ねん》から45年《ねん》に、世界《せかい》が主《おも》に二《ふた》つの陣営《じんえい》に分《わ》かれて戦《たたか》った大《おお》きな戦争《せんそう》。歴《れき》史上最《しじょうもっと》も多《おお》くの犠牲者《ぎせいしゃ》を出《だ》した。広島県《ひろしまけん》と長崎県《ながさきけん》に原爆《げんばく》が投下《とうか》され、沖縄県《おきなわけん》で地《ち》上戦《じょうせん》が行《おこな》われた日本《にほん》では、民間人《みんかんじん》の犠牲《ぎせい》も多《おお》かった。45年《ねん》8月《がつ》にポツダム宣言《せんげん》を受諾《じゅだく》して敗北《はいぼく》した。

尾狩刑事《おかるけいじ》は、ここで言葉《ことば》を切《き》ると、金平糖《こんぺいとう》をかじりながら、こう付《つ》け加《くわ》えた。

「たしか3カ月前《げつまえ》……6月《がつ》の中《なか》ごろだったでしょうか。妹《いもうと》のアリスが件《くだん》のお告《つ》げを聞《き》きに行《い》くと言《い》って、出《で》かけていったことがありました」

「えっ、件《くだん》のお告《つ》げを⁉」

驚《おどろ》く健太《けんた》。

「その場所《ばしょ》がどこか、アリスさんから聞《き》いてますか？」

真実《しんじつ》はたずねたが、尾狩刑事《おかるけいじ》は首《くび》を振《ふ》る。

「すみません。そのころ、わたくしは不可思議《ふかしぎ》な現象《げんしょう》などといったものには一切《いっさい》、興味《きょうみ》がなかったので……妹《いもうと》からは『件《くだん》のお告《つ》げを聞《き》きに行《い》く』という以外《いがい》、何《なに》も聞《き》いておりませんでした。まことに恐縮《きょうしゅく》であります」

「じゃあ実際《じっさい》に件《くだん》がいたかどうかも、わからないんですね」

健太《けんた》は少《すこ》しガッカリして肩《かた》を落《お》とした。

「あ……でも、妹《いもうと》の行方《ゆくえ》については、最近《さいきん》、ちょっとした手《て》がかりをつかめたんです」

「えっ、手《て》がかり!?」

健太《けんた》は身《み》を乗《の》り出《だ》す。

「妹《いもうと》をはじめとする行方不明《ゆくえふめい》になった子《こ》どもたちには、ひとつの共通点《きょうつうてん》があることがわかったんです。子《こ》どもたちは、いずれも世界科学《せかいかがく》コンクールの受賞者《じゅしょうしゃ》でした」

「すごい！　あの賞《しょう》を受賞《じゅしょう》するなんて、アリスちゃん、本当《ほんとう》に頭《あたま》が良《よ》かったんですねー」

美希《みき》の言葉《ことば》に尾狩刑事《おかるけいじ》はうなずき、金平糖《こんぺいとう》をひと粒《つぶ》、手《て》のひらにのせた。

「金平糖《こんぺいとう》は、妹《いもうと》・アリスの大好物《だいこうぶつ》でした。これを食《た》べると頭《あたま》の働《はたら》きがよくなると言《い》って、勉強《べんきょう》するときはいつも口《くち》にしていて……」

妹《いもうと》のことを思《おも》い出《だ》したのか、尾狩刑事《おかるけいじ》は切《せつ》なげな表情《ひょうじょう》になった。

★平田《ひらた》並男《なみお》の
★予言《よげん》

「大変大変《たいへんたいへん》！」

翌日《よくじつ》の放課後《ほうかご》、美希《みき》が健太《けんた》たちのいる6年《ねん》2組《くみ》の教室《きょうしつ》に駆《か》け込《こ》んできた。

「平田《ひらた》くんがクラスのみんなをあおってるの！　大災害《だいさいがい》が起《お》きるとかなんとか言《い》って！」

それを聞《き》き、静人《しずと》は、こわばった顔《かお》で美希《みき》を見返《みかえ》す。

6年《ねん》1組《くみ》の教室《きょうしつ》に向《む》かう美希《みき》、健太《けんた》、真実《しんじつ》たちのあとを追《お》い、静人《しずと》をはじめとする何人《なんにん》かの2組《くみ》の児童《じどう》たちも、1組《くみ》の教室《きょうしつ》へと向《む》かった。

「平田並男《ひらたなみお》の予言《よげん》ショー」

教室《きょうしつ》の黒板《こくばん》には、そんな文字《もじ》がチョークでデカデカと書《か》かれていた。

その前《まえ》に、ノストラダムスのような帽子《ぼうし》をかぶった平田少年《ひらたしょうねん》が立《た》っている。

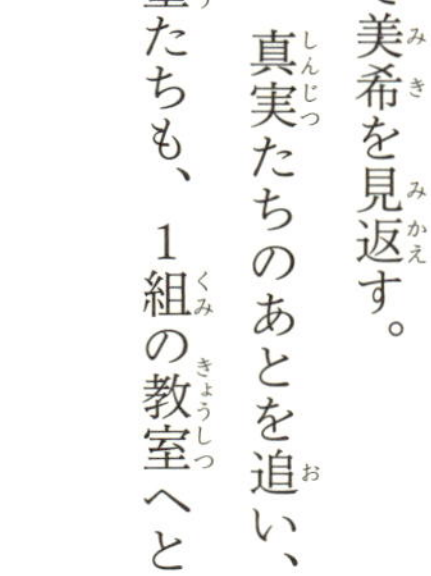

ノストラダムス

16世紀《せいき》のフランスの医師《いし》・占星術師《せんせいじゅつし》。1999年《ねん》7月《がつ》に人類《じんるい》滅亡《めつぼう》の日《ひ》が訪《おとず》れるとした『ノストラダムスの大予言《だいよげん》』（五島《ごとう》勉氏《べんし》の本《ほん》）が日本《にほん》で大流行《だいりゅうこう》し、オカルトブームが起《お》きた。

ノストラダムスは、16世紀《せいき》のフランスに実在《じつざい》した、有名《ゆうめい》な予言者《よげんしゃ》だ。

「みんな、もうすぐ日本《にほん》に大災害《だいさいがい》が起《お》きる！　これまで経験《けいけん》したことのないような災害《さいがい》だ！

ボクは、そのことを予言獣《よげんじゅう》・件《くだん》のお告《つ》げで知《し》ったんだ！」


「**件《くだん》……**」


静人《しずと》が青《あお》ざめた顔《かお》でつぶやく。

そのとき、バン！と扉《とびら》が開《ひら》き、誰《だれ》かがつかつかと教室《きょうしつ》に入《はい》ってきた。

「いいかげんなデマで、みんなを不安《ふあん》に陥《おとしい》れるのはやめたまえ！」

やってきたのは、健太《けんた》たちと同《おな》じ2組《くみ》のマジメスギこと杉田《すぎた》ハジメだ。

アクロバティックサラサラを装《よそお》う何者《なにもの》かのターゲットにされ、恐怖《きょうふ》のどん底《ぞこ》に突《つ》き落《お》とされて以来《いらい》、ハジメはいたずらやデマでみんなを怖《こわ》がらせる者《もの》たちに対《たい》し、ことさらに強《つよ》いいきどおりを感《かん》じていた。

「予言獣《よげんじゅう》・件《くだん》なんて、この世《よ》にいるわけありません！　平田《ひらた》くん、キミが言《い》っていることは、ただの作《つく》り話《ばなし》です！」

しかし、平田少年《ひらたしょうねん》は自信《じしん》たっぷりに、こう言《い》い返《かえ》したのだった。

「ウソだと思《おも》うなら、これから件《くだん》のいる場所《ばしょ》へみんなを案内《あんない》するよ！　お告《つ》げを聞《き》きたい者《もの》は、ボクについてきてくれ！」


件《くだん》のいる場所《ばしょ》――平田少年《ひらたしょうねん》によると、そこは「森下家《もりしたけ》」という古《ふる》い屋敷《やしき》らしい。

「そこって、花森町《はなもりちょう》でも有名《ゆうめい》な幽霊屋敷《ゆうれいやしき》だよね？」

小声《こごえ》でささやく健太《けんた》に、美希《みき》もうなずく。

「森下家《もりしたけ》は、江戸時代《えどじだい》から続《つづ》く呉服屋《ごふくや》だったのよ。でも、今《いま》は廃業《はいぎょう》して、当時《とうじ》のままの古《ふる》い屋敷《やしき》に、老婆《ろうば》がひとりで住《す》んでるってうわさされてるの」

森下家《もりしたけ》に向《む》かう途中《とちゅう》、美希《みき》は尾狩刑事《おかるけいじ》にメールを送《おく》る。

《美希《みき》です。森下家《もりしたけ》に、件《くだん》がいるとの情報《じょうほう》を耳《みみ》にしました。これからお告《つ》げを聞《き》きに、森下家《もりしたけ》の屋敷《やしき》へ向《む》かいます》

すると、すぐに返信《へんしん》があった。

《承知《しょうち》いたしました。わたくしも今《いま》から現場《げんば》に急行《きゅうこう》します。現地《げんち》で

呉服屋《ごふくや》
着物《きもの》や帯《おび》などの和服《わふく》を売《う》る店《みせ》のこと。呉服《ごふく》とは弥生時代《やよいじだい》に呉《ご》（現在《げんざい》の中国《ちゅうごく》）から日本《にほん》に伝《つた》わった絹《きぬ》の生地《きじ》を指《さ》す言葉《ことば》だったが、現在《げんざい》では生地《きじ》を仕立《した》てた着物《きもの》と同《おな》じ意味《いみ》で使《つか》われることが多《おお》い。

合流《ごうりゅう》しましょう》

一同《いちどう》は、森下家《もりしたけ》にやってきた。

そこはうわさにたがわぬ古《ふる》い屋敷《やしき》で、「幽霊屋敷《ゆうれいやしき》」の名《な》にふさわしい不気味《ぶきみ》な雰囲気《ふんいき》が漂《ただよ》っている。

児童《じどう》たちは尻込《しりご》みしたが、平田少年《ひらたしょうねん》は勝手知《かってし》ったる自分《じぶん》の家《うち》のような気軽《きがる》さで森下家《もりしたけ》の門《もん》をくぐり、敷地内《しきちない》へと足《あし》を踏《ふ》み入《い》れた。

一同《いちどう》も平田少年《ひらたしょうねん》のあとに従《したが》う。

「件《くだん》は、どこにいるのかな?」

健太《けんた》は、キョロキョロと庭《にわ》を見回《みまわ》すが、それらしき姿《すがた》は見当《みあ》たらない。

すると――。

「こっちだ!」

平田少年《ひらたしょうねん》が一同《いちどう》を案内《あんない》し、やってきたのは、

白壁《しらかべ》の土蔵《どぞう》の前《まえ》だった。

土蔵《どぞう》とは、昔《むかし》の家《いえ》によくある、壁《かべ》を土《つち》やしっくいなどで塗《ぬ》り固《かた》めた倉庫《そうこ》のことだ。

「予言獣《よげんじゅう》・件《くだん》は、この中《なか》にいる！」

平田少年《ひらたしょうねん》が土蔵《どぞう》を指《ゆび》さす。

「えっ、この中《なか》に件《くだん》がいるの!?」

一同《いちどう》がザワつくなか、平田少年《ひらたしょうねん》は勝手《かって》に土蔵《どぞう》の中《なか》へと入《はい》っていった。

土蔵《どぞう》の中《なか》には、白髪《しらが》で腰《こし》の曲《ま》がった、気《き》むずかしそうな老婆《ろうば》の姿《すがた》があった。

「おまえたち、ここへ何《なに》しにきた!?　勝手《かって》に入《はい》ってきちゃいかんと言《い》ってるだろ！」

老婆《ろうば》の名前《なまえ》は、森下菊枝《もりしたきくえ》——この屋敷《やしき》の当主《とうしゅ》だという。

てっきり平田少年《ひらたしょうねん》が事前《じぜん》に許可《きょか》を得《え》て敷地《しきち》に入《はい》ったものとばかり思《おも》っていた一同《いちどう》は、無許可《むきょか》だったと知《し》って、おじけづいた。

そんななか、美希《みき》が菊枝《きくえ》の前《まえ》に出《で》る。

「無許可《むきょか》で侵入《しんにゅう》してしまったことは謝《あやま》ります。しかし、こちらの平田《ひらた》くんの話《はなし》によると、この土蔵《どぞう》の中《なか》には、予言獣《よげんじゅう》・件《くだん》がいるとか。危険《きけん》がないかどうか確《たし》かめたいので、ぜひとも立《た》ち入《い》りの許可《きょか》をいただきたく、このとおり、よろしくお願《ねが》い申《もう》し上《あ》げます」

美希《みき》が頭《あたま》を下《さ》げて頼《たの》むと、菊枝《きくえ》は「ふん」と鼻《はな》を鳴《な》らす。

「好《す》きにするがいい。祟《たた》りにあっても、わしゃ知《し》らんぞ！」

菊枝《きくえ》は、そう言《い》い捨《す》てると、蔵《くら》を出《で》ていってしまったのだった。


土蔵《どぞう》の中《なか》は、薄暗《うすぐら》かった。

そこには、古《ふる》い呉服《ごふく》をはじめ、壺《つぼ》や掛《か》け軸《じく》、昭和《しょうわ》の時代《じだい》に使《つか》われていた扇風機《せんぷうき》、年代物《ねんだいもの》の鏡《かがみ》、仏像《ぶつぞう》や絵画《かいが》など、ほこりをかぶった骨董品《こっとうひん》

土蔵《どぞう》
土壁《つちかべ》やしっくいを使《つか》った外壁《がいへき》などを特徴《とくちょう》とする日本《にほん》の伝統的《でんとうてき》な蔵《くら》。火事《かじ》に強《つよ》く、貴重《きちょう》なものをしまっておくための倉庫《そうこ》として使《つか》われてきた。

が所狭《ところせま》しと置《お》かれている。

いかにも妖怪《ようかい》が出《で》そうな雰囲気《ふんいき》だが、件《くだん》らしき姿《すがた》はどこにも見当《みあ》たらない。

と、そこに――。

「遅《おそ》くなって、すみません。車《くるま》で来《き》たんですが、さんざん道《みち》に迷《まよ》ってしまいまして……」

そう言《い》いながら、尾狩刑事《おかるけいじ》が現《あらわ》れた。

土蔵《どぞう》の中《なか》に入《はい》ろうとして、尾狩刑事《おかるけいじ》は段差《だんさ》につまずき、顔《かお》から地面《じめん》に突《つ》っ込《こ》んだ。

「この人《ひと》、尾狩刑事《おかるけいじ》。わたしたち、ワケあって、彼女《かのじょ》の捜査《そうさ》に協力《きょうりょく》してるの」

美希《みき》は、ほかの児童《じどう》たちに尾狩刑事《おかるけいじ》を紹介《しょうかい》したが、児童《じどう》たちはポカンとしていた。

「ど……どうも。花森警察署《はなもりけいさつしょ》の尾狩《おかる》と申《もう》します。どうぞよろしくであります」

尾狩刑事《おかるけいじ》は土《つち》まみれの顔《かお》で、警察手帳《けいさつてちょう》を示《しめ》しながらあいさつをする。

「よし、刑事《けいじ》さんにも、件《くだん》がお告《つ》げをするところを、ぜひ見《み》てもらうことにしよう！」

平田少年《ひらたしょうねん》は張《は》り切《き》るが、友人《ゆうじん》たちは不信感《ふしんかん》をあらわにしながら言《い》った。

「平田《ひらた》、ウソをつくのもいいかげんにしろ」

「件《くだん》なんてどこにいるんだよ？」

「いるじゃないか。ほら、ここに!」


平田少年《ひらたしょうねん》が指《ゆび》さしたのは、一枚《いちまい》の油絵《あぶらえ》だった。

その絵《え》は、格子《こうし》のはまった土蔵《どぞう》の窓《まど》に立《た》てかけられている。

絵《え》には、顔《かお》が人間《にんげん》で体《からだ》が牛《うし》――「件《くだん》」の絵《え》が描《か》かれていた。

「なんだこれ? ただの絵《え》じゃないか」

「絵《え》の件《くだん》がお告《つ》げをするって? バカバカしい」

「でも、この絵《え》の模様《もよう》は、なんだか不気味《ぶきみ》だよね」

健太《けんた》がつぶやくと、帰《かえ》ろうとしかけていた児童《じどう》たちは立《た》ち止《ど》まって振《ふ》り向《む》く。

件《くだん》の絵《え》には、全体《ぜんたい》に奇妙《きみょう》な渦巻《うずま》き模様《もよう》が描《えが》かれていたのだった。

そのとき、不気味《ぶきみ》な声《こえ》が響《ひび》いた。


「まもなく、日本《にほん》に天変地異《てんぺんちい》が起《お》きる!」

絵《え》を見《み》つめていた健太《けんた》は、件《くだん》の目《め》と口《くち》が動《うご》いたのを見《み》て、目《め》を丸《まる》くする。

「絵《え》がしゃべった！」

件《くだん》は、その目《め》と口《くち》を開閉《かいへい》させながら、さらに恐《おそ》ろしい予言《よげん》を告《つ》げてきた。

「大《おお》きな災害《さいがい》が次々《つぎつぎ》と起《お》こり、この国《くに》を襲《おそ》う。日本《にほん》の大部分《だいぶぶん》が壊滅的《かいめつてき》な被害《ひがい》を受《う》け、多《おお》くの命《いのち》が失《うしな》われることだろう」

「ひゃあああっ！」

その場《ば》にいた児童《じどう》たちは、驚《おどろ》きとも悲鳴《ひめい》ともつかない声《こえ》をあげた。

そんななか、ハジメは絵《え》を指《さ》しながら叫《さけ》んだ。

「こんなの、インチキに決《き》まってます！　何《なに》かトリックがあるはずです！」

ハジメは眼鏡《めがね》をふいてかけ直《なお》すと、じっくりと絵《え》を見《み》つめた。

ほかの児童《じどう》たちは、こわごわとその様子《ようす》を見守《みまも》る。

「杉田《すぎた》、どうなんだ？」

「絵《え》に仕掛《しか》けはあるのか？」

「うーん……よくわかりません。見《み》れば見《み》るほど、目《め》が回《まわ》りそうな不気味《ぶきみ》な絵《え》です。なんだかワタシ……気持《きも》ちが悪《わる》くなってきました」

そうつぶやくと、ハジメはバッタリ倒《たお》れてしまった。

「杉田《すぎた》さん、大丈夫《だいじょうぶ》ですか!? しっかりしてください！」

尾狩刑事《おかるけいじ》は、あわててハジメを介抱《かいほう》する。

そこに騒《さわ》ぎを聞《き》きつけ、当主《とうしゅ》の菊枝《きくえ》が現《あらわ》れた。

「だから、言《い》っただろう。この絵《え》には、邪霊《じゃれい》がとりついているのじゃ」

「邪霊《じゃれい》……」

健太《けんた》はゾッとする。

「この絵《え》に描《えが》かれた渦巻《うずま》きは、生《せい》と死《し》、再生《さいせい》と循環《じゅんかん》の象徴《しょうちょう》じゃ。邪霊《じゃれい》を渦巻《うずま》きのおりに閉《と》じ込《こ》めて、祟《たた》りを封印《ふういん》する役目《やくめ》を果《は》たしておったんじゃ。だが、おまえたちが騒《さわ》いだせいで、封印《ふういん》が解《と》かれてしまった。件《くだん》のお告《つ》げどおり、この国《くに》に災《わざわ》いが起《お》きるだろう」

児童《じどう》たちは、恐怖《きょうふ》のあまり泣《な》き出《だ》してしまう。

「……お告《つ》げが本当《ほんとう》になる？　大災害《だいさいがい》が起《お》きて、ぼくたちはみんな……」

健太《けんた》は絶句《ぜっく》し、青《あお》ざめたまま、その場《ば》に立《た》ち尽《つ》くした。

静人《しずと》は、しゃがみ込《こ》んで、震《ふる》えている。

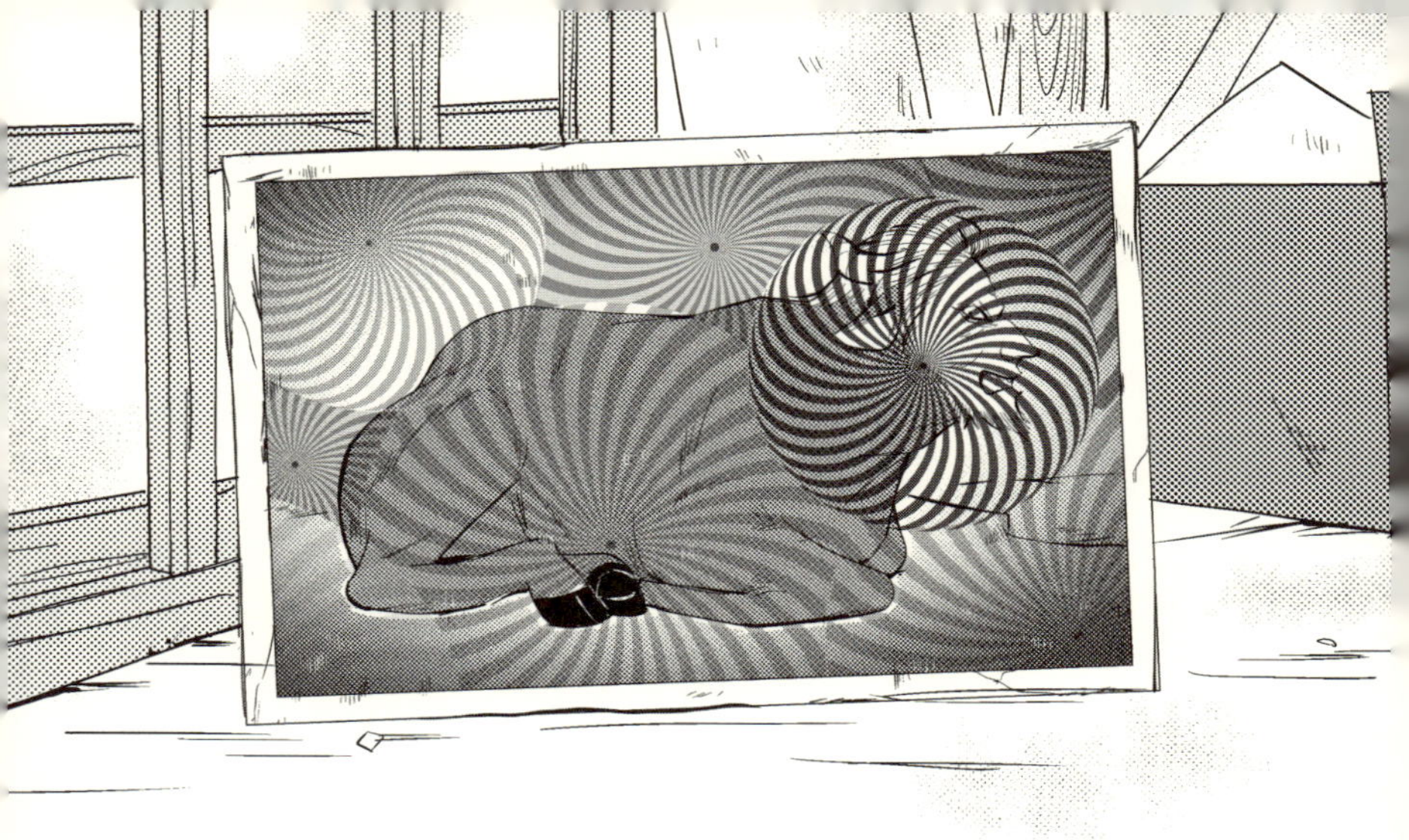

そんななか、ひとり冷静《れいせい》に絵《え》を観察《かんさつ》していた真実《しんじつ》は、件《くだん》の耳《みみ》の下《した》の部分《ぶぶん》に、ポツンと小《ちい》さく、針《はり》の頭《あたま》ほどの点《てん》があることに気《き》づいた。

「もしかして……」

真実《しんじつ》はそうつぶやくと、眼鏡《めがね》をクイッと持《も》ち上《あ》げる。

そして、絵《え》をよく見《み》ようと、近《ちか》づいた。

しかし、次《つぎ》の瞬間《しゅんかん》、絵《え》はスッと真実《しんじつ》の視界《しかい》から遠《とお》ざかる。

菊枝《きくえ》が絵《え》を持《も》ちあげてしまったのだった。

「封印《ふういん》が解《と》かれたこの絵《え》は、お祓《はら》いに出《だ》すしかない」

菊枝《きくえ》はそうつぶやくと、絵《え》をどこかへ持《も》ち去《さ》っていった。

翌日《よくじつ》、6年《ねん》2組《くみ》の教室《きょうしつ》は騒然《そうぜん》となっていた。

「**マジメスギくんが、グレスギくんになっちゃった⁉**」

見《み》ると、ハジメは髪《かみ》をリーゼントにしてサングラスをかけ、長《なが》い学《がく》ランという昭和《しょうわ》のヤンキーのようなスタイルだった。

「もう、やってらんないっすよ！　近々《ちかぢか》、日本《にほん》が終《お》わってしまうなら、ボクは悔《く》いのないように、やりたい格好《かっこう》をするっす！」

どうやらハジメは、件《くだん》のお告《つ》げにショックを受《う》けすぎたようだった。

学《がく》ラン

詰《つ》め襟《えり》の学生服《がくせいふく》の通称《つうしょう》。丈《たけ》を長《なが》く変形《へんけい》させた「長《ちょう》ラン」は、昭和後《しょうわこう》期《き》の1970年代《ねんだい》から80年代《ねんだい》に流行《りゅうこう》した。

ほかの児童《じどう》たちも皆《みな》、ハジメと似《に》たり寄《よ》ったりで……。

意気消沈《いきしょうちん》する者《もの》、自暴自棄《じぼうじき》になる者《もの》、なかには学校《がっこう》を休《やす》んでしまう者《もの》も出《で》た。

そんななか、健太《けんた》は「この世《よ》の終《お》わりまでにやりたい100のこと」というリストを作《つく》り、ため息《いき》をついていた。

「世界中《せかいじゅう》の昆虫《こんちゅう》を見《み》て回《まわ》る……宇宙旅行《うちゅうりょこう》……タイムトラベルして恐竜《きょうりゅう》に会《あ》う……名探偵《めいたんてい》の真《しん》実《じつ》くんとコンビを組《く》んで世界中《せかいじゅう》の大事件《だいじけん》を解決《かいけつ》する……ぼくには叶《かな》えたい夢《ゆめ》がたくさんあるんだ」

そんな健太《けんた》に、ほほえみながら真実《しんじつ》は言《い》った。

「健太《けんた》くん、夢《ゆめ》を持《も》つことは素晴《すば》らしいことだと、ぼくは思《おも》うよ」

「でも、ぼくの夢《ゆめ》って、大人《おとな》になってからしか実現《じつげん》できないものばっかりなんだよね。大人《おとな》になるまで生《い》きていたいよなぁ……」

「大丈夫《だいじょうぶ》。きみの人生《じんせい》は、この先《さき》もずっと続《つづ》いていくさ」

「でも、件《くだん》がしゃべったってことは……やっぱりお告《つ》げは本物《ほんもの》ってことでしょ？」
「まあ、答《こた》えはいずれわかるさ」

数日後《すうじつご》。

尾狩刑事《おかるけいじ》と真実《しんじつ》は、健太《けんた》や美希《みき》をはじめ、前回《ぜんかい》、件《くだん》のお告《つ》げを聞《き》きにいったメンバーを連《つ》れて、再《ふたた》び森下家《もりしたけ》を訪《たず》ねた。

「あんたたちも懲《こ》りないねえ」

件《くだん》の絵《え》をもう一度《いちど》見《み》たいと言《い》ってきた一同《いちどう》を前《まえ》にして、菊枝《きくえ》はため息《いき》をつく。

菊枝《きくえ》によると、件《くだん》の絵《え》はお祓《はら》いに出《だ》したので、もうここにはないという。

しかし、尾狩刑事《おかるけいじ》は食《く》い下《さ》がった。

「森下《もりした》さん、あなたがおっしゃるとおり、あの絵《え》には邪霊《じゃれい》がとりついていると思《おも》われるのであります。土蔵《どぞう》の中《なか》には、ほかにも霊《れい》がいる気配《けはい》がするので……どうかもう一度《いちど》、調《しら》べさせていただけないでしょうか？」

尾狩刑事《おかるけいじ》は、手《て》にしたトランクを真実《しんじつ》に渡《わた》し、菊枝《きくえ》に話《はな》す。

「これは、わたくしが用意《ようい》した霊発見装置《れいはっけんそうち》です。この装置《そうち》で土蔵《どぞう》の中《なか》を調《しら》べれば、ほかにも邪霊《じゃれい》がいるかどうかがわかるので、今《いま》からこの少年《しょうねん》に調《しら》べてもらおうと思《おも》うのであります」

それを聞《き》き、健太《けんた》たちは驚《おどろ》く。

今《いま》まで霊《れい》の存在《そんざい》など信《しん》じなかった真実《しんじつ》が、霊《れい》を調《しら》べるというのだ。

「へえ、面白《おもしろ》そうだな。じゃあ、ぼくも一緒《いっしょ》に」

平田少年《ひらたしょうねん》も蔵《くら》の中《なか》へ入《はい》ろうとしたが、真実《しんじつ》はそれをさえぎった。

「万《まん》が一《いち》のことを考《かんが》えて、調査《ちょうさ》はぼくひとりでやるよ」
真実《しんじつ》は、尾狩刑事《おかるけいじ》に渡《わた》されたトランクを手《て》に、土蔵《どぞう》の中《なか》へと入《はい》っていく。
ほかのみんなは、土蔵《どぞう》の外《そと》で待《ま》つことになった。

「みんな来《き》て!」

しばらくして、真実《しんじつ》が突然《とつぜん》、土蔵《どぞう》の中《なか》から叫《さけ》んだ。
健太《けんた》たちがあわてて土蔵《どぞう》に入《はい》っていくと、なんとお祓《はら》いに出《だ》したはずの件《くだん》の絵《え》が、窓《まど》に立《た》てかけられているではないか。

「大《おお》きな災害《さいがい》が次々《つぎつぎ》と起《お》こり、この国《くに》を襲《おそ》う。日本《にほん》の大部分《だいぶぶん》が壊滅的《かいめつてき》な被《ひ》害《がい》を受《う》け、多《おお》くの命《いのち》が失《うしな》われることだろう」

絵《え》の中《なか》の件《くだん》は前回見《ぜんかいみ》たときと同《おな》じように、目《め》と口《くち》を何度《なんど》も開閉《かいへい》させながら、お告《つ》げを繰《く》り返《かえ》している。

「そんなバカな……どうしてあの絵《え》がここに⁉」

菊枝《きくえ》はあわてて絵《え》に近《ちか》づいた。絵《え》をじっと見《み》て、つぶやく。

「これは……この蔵《くら》にあった絵《え》じゃない」

「どういうこと⁉」

健太《けんた》たちがとまどいの表情《ひょうじょう》を浮《う》かべていると、真実《しんじつ》はニヤリとほほえんだ。

「実《じつ》はこの絵《え》は、ぼくが尾狩刑事《おかるけいじ》に頼《たの》んで用意《ようい》してもらったものなんだ」

「えっ、そうだったの⁉」

「先日《せんじつ》、あの絵《え》を見《み》たとき、ぼくはトリックに気《き》づいた。でも、お祓《はら》いに出《だ》すといって絵《え》を持《も》ち去《さ》られてしまったので、それを指摘《してき》することができなかったのさ」

そこで真実《しんじつ》は尾狩刑事《おかるけいじ》に頼《たの》み、同《おな》じような絵《え》を用意《ようい》してもらうことにしたという。

そして、ひとりで土蔵《どぞう》に入《はい》っている間《あいだ》に、絵《え》を格子《こうし》のはまった窓《まど》に立《た》てかけ、トリックを仕掛《しか》けたのだ。

「……すみません。霊発見装置《れいはっけんそうち》というのはウソでした。トランクに入《はい》っていたのは、この絵《え》だったのです」

尾狩刑事《おかるけいじ》は、恐縮《きょうしゅく》しながら言《い》い添《そ》える。

健太《けんた》は、ようやく事態《じたい》を悟《さと》った。

「だけど、件《くだん》の目《め》と口《くち》が動《うご》いたのは、どうして？」

すると、真実《しんじつ》は言《い》った。

「科学《かがく》で解《と》けないナゾはない。この絵《え》には、ある仕掛《しか》けがほどこされているんだ。その仕掛《しか》けを絵《え》の裏《うら》から手《て》で動《うご》かすだけで、件《くだん》の目《め》と口《くち》があたかも動《うご》いているかのように見《み》えるのさ」

「……絵《え》の裏《うら》から？　いったい、どんな仕掛《しか》けなんだろう？」

健太《けんた》も、ほかの児童《じどう》たちも、首《くび》をひねった。

この絵《え》にたくさん描《えが》かれているあの模様《もよう》を利用《りよう》したんだね。

解《かい》決《けつ》編《へん》

件《くだん》の目《め》と口《くち》が開《ひら》いたものと閉《と》じたものが交互《こうご》に組《く》み合《あ》わされた絵《え》

「件《くだん》の顔《かお》の部分《ぶぶん》をよく見《み》てごらん」

真実《しんじつ》に言《い》われて、健太《けんた》は絵《え》をのぞきこむ。

よく見《み》ると、件《くだん》の顔《かお》の部分《ぶぶん》には、透明《とうめい》なシートが貼《は》りつけられていた。

「件《くだん》の顔《かお》の部分《ぶぶん》には、渦巻《うずま》き模様《もよう》が描《えが》かれた丸《まる》い透明《とうめい》なシートがピンで留《と》められているんだ。この絵《え》にたくさんの渦巻《うずま》きが描《えが》かれているのは、このシートの渦巻《うずま》きを目立《めだ》たなくするためさ」

真実《しんじつ》は件《くだん》の絵《え》から、ピンで真《ま》ん中《なか》を留《と》められた丸《まる》いシートを外《はず》し、一同《いちどう》に見《み》せる。

透明《とうめい》のシートには、たしかに渦巻《うずま》き模様《もよう》が描《えが》かれていた。

「これは、スリットアニメーションを利用《りよう》したトリックなんだ」

「……スリットアニメーション？」

「スリットアニメーションとは、絵《え》の上《うえ》に線《せん》がたくさん描《えが》かれたシートを置《お》き、その線《せん》

ピンで留《と》められていた丸《まる》いシートには細《ほそ》くて透明《とうめい》な隙間《すきま》が空《あ》いている

をズラすことによって、絵《え》が動《うご》いているかのように見《み》えるトリックアートのことだ」

「あっ、ぼく見《み》たことある。一枚《いちまい》の絵《え》なのに、うさぎがとびはねたり、ちょうが羽《は》ばたいたり動《うご》いているように見《み》えるんだよね」

健太《けんた》が言《い》うと、真実《しんじつ》はうなずく。

「うん、そのとおりだ。でも、今回《こんかい》、トリックに使《つか》ったのは、線《せん》ではなく、この渦巻《うずま》き状《じょう》の隙間《すきま》さ。渦巻《うずま》き模様《もよう》のシートは蔵《くら》の外《そと》からピンを使《つか》って簡単《かんたん》に回《まわ》すことができるようにしてあったんだ。シートが少《すこ》し回《まわ》るたびに、あたかも件《くだん》の目《め》と口《くち》が、開《ひら》いたり閉《と》じたりしてるように見《み》えるのさ」

「それじゃあ、蔵《くら》の外《そと》で渦巻《うずま》きを動《うご》かして、お告《つ》げを言《い》っていたのは？」

「わたくしです。みなさんを驚《おどろ》かせてしまって、まことに恐縮《きょうしゅく》であります」

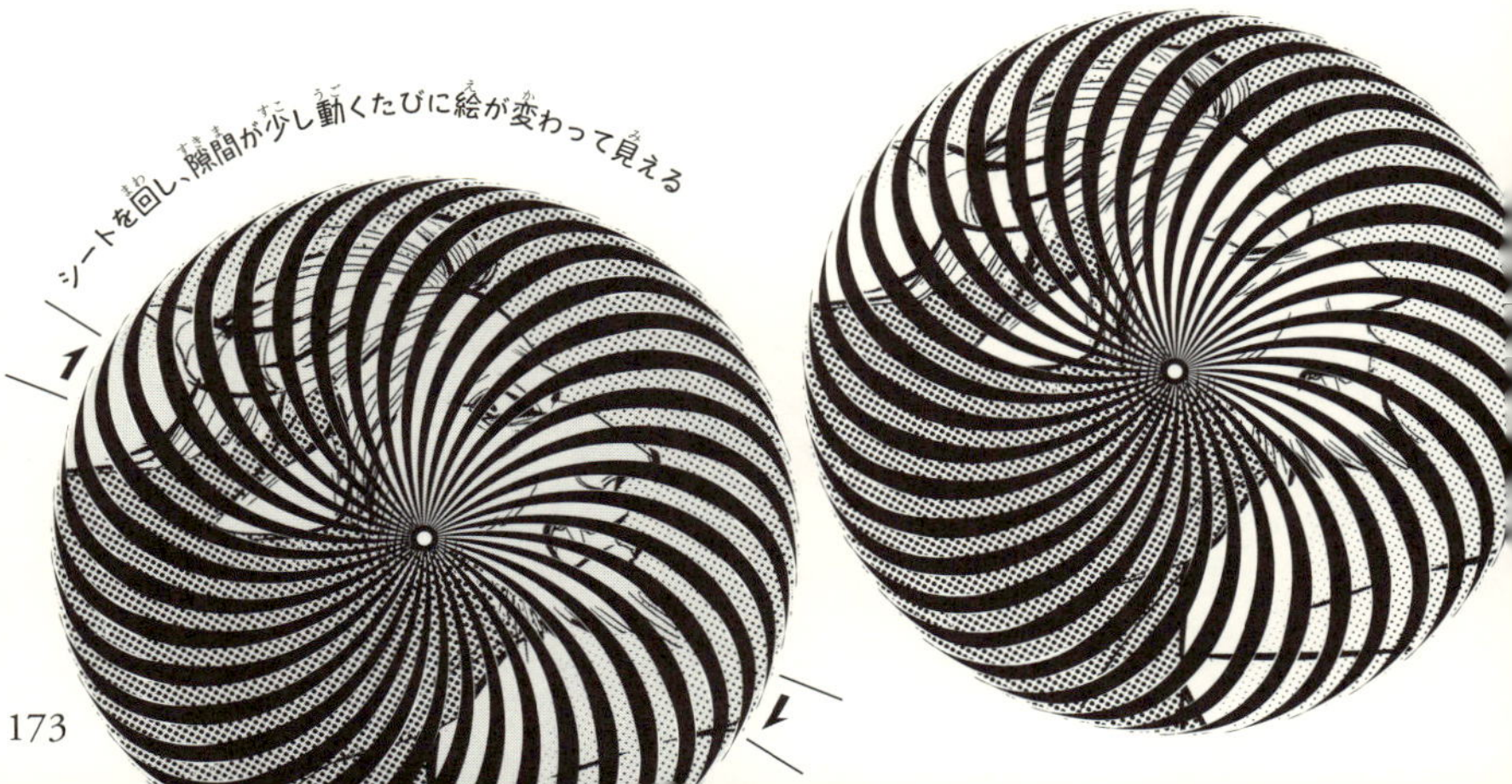

健太《けんた》に聞《き》かれ、尾狩刑事《おかるけいじ》はペコリと頭《あたま》を下《さ》げた。

「そう。そして、この騒動《そうどう》を仕掛《しか》けた人物《じんぶつ》も、まさにぼくたちがしたことと同《おな》じことをしたんです。その人物《じんぶつ》は、件《くだん》の目《め》と口《くち》を動《うご》かして、あのとき、みんなにお告《つ》げを聞《き》かせました。不吉《ふきつ》な予言《よげん》を告《つ》げる件《くだん》の声《こえ》も、あなたが蔵《くら》の外《そと》から声《こえ》を作《つく》って、聞《き》かせてたんですよね？　森下《もりした》さん？」

真実《しんじつ》に名指《なざ》しされても、菊枝《きくえ》は何《なに》も答《こた》えなかった。

すると、真実《しんじつ》は、たたみかけるように言《い》った。

「あなたが件《くだん》の絵《え》をお祓《はら》いに出《だ》すと言《い》って撤去《てっきょ》してしまったのは、ぼくにトリックを見破《みやぶ》られるかもしれないと思《おも》ったからなんでしょう？　今回《こんかい》、隠《かく》したはずの絵《え》が出《で》てきて、さぞや驚《おどろ》いたこと

でしょうね」

相変《あいか》わらず無言《むごん》の菊枝《きくえ》――。

その場《ば》にいた一同《いちどう》は、口々《くちぐち》に菊枝《きくえ》を責《せ》めはじめる。

「絵《え》に描《か》かれた件《くだん》に不吉《ふきつ》な予言《よげん》をさせて、子《こ》どもを恐怖《きょうふ》に陥《おとしい》れるなんて……あなた、いったい何《なに》を考《かんが》えてるんですか!?」

尾狩刑事《おかるけいじ》が言《い》えば、横《よこ》からハジメも叫《さけ》んだ。

「そうですよ！　大《だい》のオトナがやることとは、とうてい思《おも》えない……。アナタの目的《もくてき》は何《なん》ですか!?　みんなを絶望《ぜつぼう》に陥《おとしい》れること!?　それとも、世《よ》の中《なか》を混乱《こんらん》させたいんですか!?」

「おばあちゃんは悪《わる》くないんだ！」

そのとき、平田少年《ひらたしょうねん》が叫《さけ》んだ。

「えっ……おばあちゃん!?」

驚《おどろ》く健太《けんた》のかたわらで、真実《しんじつ》は淡々《たんたん》と続《つづ》けた。

「そう。森下菊枝《もりしたきくえ》さんは、平田並男《ひらたなみお》くん、きみの母方《ははかた》の祖母《そぼ》で、今回《こんかい》の騒動《そうどう》の協力者《きょうりょくしゃ》だった」

主犯《しゅはん》はおそらく平田少年《ひらたしょうねん》であろうことも、真実《しんじつ》には見当《けんとう》がついていた。菊枝《きくえ》を問《と》いつめるふりをしながら、真実《しんじつ》は平田少年《ひらたしょうねん》が自《みずか》ら告白《こくはく》するのを待《ま》っていたのである。

「**……ぜんぶボクが悪《わる》いんだ……**」

平田少年《ひらたしょうねん》は、涙《なみだ》ながらにつぶやく。

「おばあちゃんは、ただボクに協力《きょうりょく》してくれただけで……」

そんな平田少年《ひらたしょうねん》に、真実《しんじつ》は問《と》いかけた。

「でも、平田《ひらた》くん、このトリックを考《かんが》えたのは、きみでも森下《もりした》さんでもないよね？　いったい誰《だれ》に教《おし》えてもらったんだい？」

それは、まさに真実《しんじつ》が平田少年《ひらたしょうねん》から聞《き》き出《だ》したかったことだった。

「神様《かみさま》の使《つか》いだよ」

平田少年《ひらたしょうねん》は答《こた》える。

「神《かみ》様《さま》の……使《つか》い!?」

健太《けんた》は、驚《おどろ》きの表情《ひょうじょう》で平田少年《ひらたしょうねん》を見返《みかえ》した。

「あれは……3カ月《げつ》くらい前《まえ》だったかな? 夜《よる》、塾《じゅく》の帰《かえ》りに公園《こうえん》の前《まえ》を通《とお》りかかると、突《とつ》然《ぜん》、公園《こうえん》の中《なか》の公衆電話《こうしゅうでんわ》が鳴《な》りだしたんだ」

平田少年《ひらたしょうねん》は、なんだろうと思《おも》って電話《でんわ》に出《で》てみたという。

すると、受話器《じゅわき》から、何《なに》やら荘厳《そうごん》な声《こえ》が聞《き》こえてきたらしい。

「電話《でんわ》の相手《あいて》は『神《かみ》の使《つか》い』って名乗《なの》っていた。その人《ひと》がボクに、件《くだん》の絵《え》を動《うご》かすトリックを教《おし》えてくれたんだ」

「まさか……作《つく》り話《ばなし》だろ?」

みんなは半信半疑《はんしんはんぎ》だったが、平田少年《ひらたしょうねん》は真顔《まがお》で言《い》い返《かえ》す。

「本当《ほんとう》だって！　神様《かみさま》の使《つか》いに、ボクは言《い》われたんだよ。『このトリックを友達《ともだち》に仕掛《しか》けなさい。さもないと、おまえは呪《のろ》われるだろう』って」

そのため平田少年《ひらたしょうねん》は指定《してい》された日《ひ》に、このアイデアを実行《じっこう》に移《うつ》したという。

そして、これまでに何度《なんど》も、友達《ともだち》に件《くだん》のお告《つ》げを聞《き》かせてきたのだと言《い》った。

「最初《さいしょ》は呪《のろ》いが怖《こわ》くてやってたんだけど、だんだん、みんなをビックリさせるのが楽《たの》しくなっちゃってさ。なんていうか、みんなに注目《ちゅうもく》されて、予言者《よげんしゃ》になったような気分《きぶん》になれて、サイコーだったんだよね」

調子《ちょうし》に乗《の》って本音《ほんね》を暴露《ばくろ》する平田少年《ひらたしょうねん》を、菊枝《きくえ》はたしなめ、ため息《いき》をついた。

「本当《ほんとう》に……申《もう》し訳《わけ》ありませんでした」

菊枝《きくえ》は、深々《ふかぶか》と頭《あたま》を下《さ》げる。

平田少年《ひらたしょうねん》に頼《たの》まれて怖《こわ》そうな老婆《ろうば》を演《えん》じていたが、菊枝《きくえ》はごくふつうの、気《き》のいいおばあちゃんだったのだ。

「この子《こ》は、小《ちい》さいころから目立《めだ》ちたがり屋《や》でねえ。本当《ほんとう》にどうしようもない子《こ》なんですよ。でも、そんな並男《なみお》がわたしには可愛《かわい》くてねえ……」

菊枝《きくえ》によると、平田少年《ひらたしょうねん》は、幼《おさな》いころから大変《たいへん》なおばあちゃん子《こ》だったという。

そんな孫《まご》が可愛《かわい》くてたまらず、菊枝《きくえ》はついつい甘《あま》やかしてしまったと語《かた》る。

「泣《な》きつかれると何《なん》でも頼《たの》みごとを聞《き》いてしまって……。並男《なみお》がこんな子《こ》に育《そだ》ってしまったのは、わたしが甘《あま》やかしたせいですよね」

そんな菊枝《きくえ》に、健太《けんた》は笑顔《えがお》で言《い》った。

「平田《ひらた》くんはクラスのムードメーカーで、みんなを楽《たの》しませてくれると、1組《くみ》の友達《ともだち》が言《い》ってました。ぼくも、おもしろい平田《ひらた》くんが大好《だいす》きです！　ただ、ときどき少《すこ》しやりすぎちゃうだけで……」

健太《けんた》の言葉《ことば》に、平田少年《ひらたしょうねん》は号泣《ごうきゅう》する。

そして、みんなに心《こころ》からの謝罪《しゃざい》をするのだった。

「みんな……本当《ほんとう》にごめん。もう二度《にど》と、こんなイタズラはしないよ。たとえ呪《のろ》いをかけられても、二度《にど》としないから……」

それを聞《き》いて、みんなは平田少年《ひらたしょうねん》を許《ゆる》す気持《きも》ちになり、仲直《なかなお》りしたのだった。

騒動《そうどう》の翌日《よくじつ》。

ほかのクラスメートがいなくなった放課後《ほうかご》の教室《きょうしつ》で、静人《しずと》はあたりを気《き》にしながら、真実《しんじつ》たちがいる場所《ばしょ》へとやってきた。

「謎野《なぞの》くん、折《お》り入《い》ってキミに頼《たの》みがあるんだ……。この本《ほん》を、もらってくれないか？」

静人《しずと》は、真実《しんじつ》に一冊《いっさつ》の本《ほん》を差《さ》し出《だ》した。

表紙《ひょうし》には『予言《よげん》の書《しょ》』と書《か》かれている。

健太《けんた》と美希《みき》は、本《ほん》を見《み》て驚《おどろ》く。

「この赤《あか》い表紙《ひょうし》……アリスちゃんが持《も》っていた本《ほん》と同《おな》じだ！」

「やっぱりアリスちゃんが持《も》っていたのは、うわさに聞《き》く『予言《よげん》の書《しょ》』だったのね！」

しかし、真実《しんじつ》は驚《おどろ》いた様子《ようす》もなく、静人《しずと》にたずねた。

「内村《うちむら》くん、きみが予言《よげん》の書《しょ》を持《も》ってるんじゃないかってことは、何《なん》となく察《さっ》していたよ。……それで、きみはこの本《ほん》をどこで手《て》に入《い》れたんだい？」

「それが……よくわからないんだ。いつの間《ま》にか、自分《じぶん》の部屋《へや》の机《つくえ》の上《うえ》に置《お》かれてて……」

静人《しずと》によると、本《ほん》の中《なか》にはアクロバティックサラサラの出現《しゅつげん》や、むらさきかがみの呪《のろ》いなど、最近起《さいきんお》きている都市伝説《としでんせつ》のような怪事件《かいじけん》のことがすでに「予言《よげん》」として書《か》かれていたという。

「今回《こんかい》、件《くだん》が大災害《だいさいがい》のお告《つ》げをすることも、この予言《よげん》の書《しょ》に書《か》かれてたんだ」

「ああ、それで内村《うちむら》くんは、件《くだん》のお告《つ》げが現実《げんじつ》に起《お》きるって知《し》ってたんだね」

健太《けんた》は納得《なっとく》する。

「それだけじゃない。もっと恐《おそ》ろしい予言《よげん》もこの本《ほん》には書《か》かれてて……でも、そのことは、誰《だれ》にも話《はな》しちゃいけないって……」

真実《しんじつ》は「なるほどね」とうなずき、本《ほん》のページを開《ひら》いた。

すると、最初《さいしょ》のページには、こんな一行《いちぎょう》が書《か》かれていた。

『予《よ》言《げん》の書《しょ》を手《て》にした者《もの》、
その内《ない》容《よう》を誰《だれ》にも話《はな》してはならない』

さらに、次《つぎ》のページをめくると……。

『予《よ》言《げん》をたどり、怪《かい》現《げん》象《しょう》の真《しん》の姿《すがた》を見《み》よ。
さすれば、異《い》界《かい》への扉《とびら》が開《ひら》かれるだろう』

「怪現象《かいげんしょう》の真《しん》の姿《すがた》を見《み》よ……どういうことかな?」

健太《けんた》は首《くび》をかしげる。

「真《しん》の姿《すがた》……つまり、本《ほん》で予言《よげん》されている都市伝説《としでんせつ》のような怪現象《かいげんしょう》のナゾを解《と》けって言《い》ってるんじゃないかな?」

真実《しんじつ》が答《こた》えると、静人《しずと》はうなずいた。

「うん、そういう意味《いみ》だと、ぼくも思《おも》うよ」

そして、静人《しずと》は続《つづ》ける。

「尾狩《おかる》アリスとぼくは、同《おな》じ塾《じゅく》に通《かよ》ってたんだ。アリスちゃんもこの本《ほん》を持《も》っていた。ぼくは何《なに》ひとつ怪現象《かいげんしょう》のナゾを解《と》き明《あ》かすことができなかったけど……アリスちゃんは、いくつかのナゾを解《と》き明《あ》かしたみたいなんだ。でも、そのせいで彼女《かのじょ》は……」

行方不明《ゆくえふめい》になったのではないかと、静人《しずと》は言《い》う。

「じゃあ、アリスちゃんはこの『予言《よげん》の書《しょ》』に書《か》かれているナゾを解《と》くために、その場所《ばしょ》に出《で》かけていたっていうこと……?」

健太《けんた》が問《と》いかけると、静人《しずと》はこわばった顔《かお》でうなずく。

静人《しずと》はこれ以上《いじょう》、『予言《よげん》の書《しょ》』を持《も》っていることが怖《こわ》くなったらしい。

だから、それを真実《しんじつ》に託《たく》したいという。

「謎野《なぞの》くん、キミなら、きっとすべてのナゾを解《と》き明《あ》かして、アリスちゃんを助《たす》けることができるんじゃないかと思《おも》って……」

切実《せつじつ》な表情《ひょうじょう》を浮《う》かべる静人《しずと》に、真実《しんじつ》はうなずくのだった。

3

SCIENCE TRICK DATA FILE

科学《かがく》トリック データファイル

スリットアニメーションを作《つく》ろう

特別《とくべつ》な加工《かこう》をした絵《え》の上《うえ》で細《ほそ》い隙間《すきま》があるシートを動《うご》かすと、絵《え》が動《うご》いて見《み》える技法《ぎほう》を「スリットアニメーション」といいます。

172ページ右上《みぎうえ》にある件《くだん》の絵《え》のように、複数《ふくすう》の絵《え》を隙間《すきま》の形《かたち》に合《あ》わせて切《き》り分《わ》け、組《く》み合《あ》わせることで作《つく》ることができます。

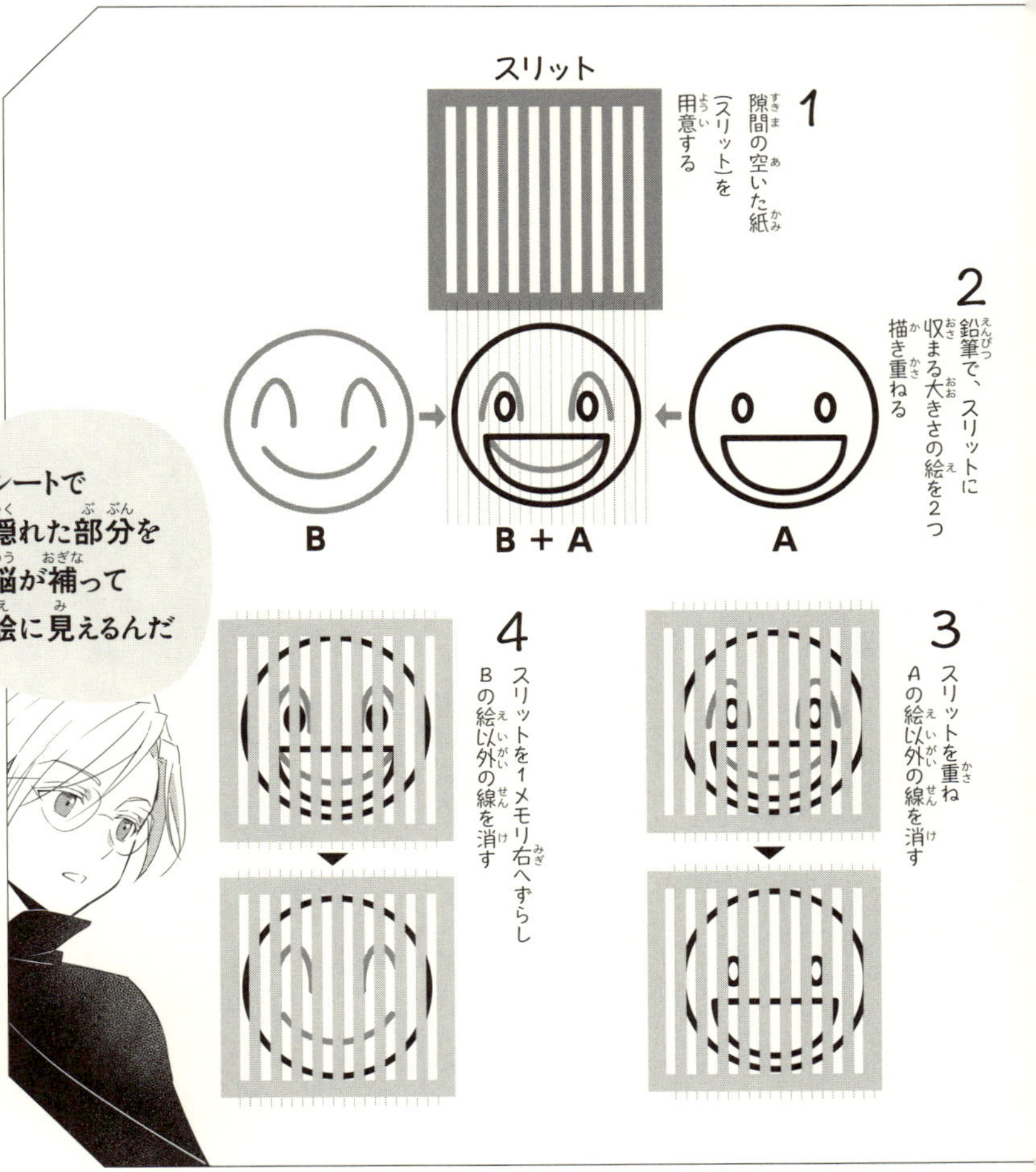
スリット
1
隙間《すきま》の空《あ》いた紙《かみ》（スリット）を用意《ようい》する
2
鉛筆《えんぴつ》で、スリットに収《おさ》まる大《おお》きさの絵《え》を2つ描《か》き重《かさ》ねる
B
B + A
A
3
スリットを重《かさ》ね
Aの絵《え》以外《いがい》の線《せん》を消《け》す
4
スリットを1メモリ右《みぎ》へずらし
Bの絵《え》以外《いがい》の線《せん》を消《け》す
シートで
隠《かく》れた部分《ぶぶん》を
脳《のう》が補《おぎな》って
絵《え》に見《み》えるんだ

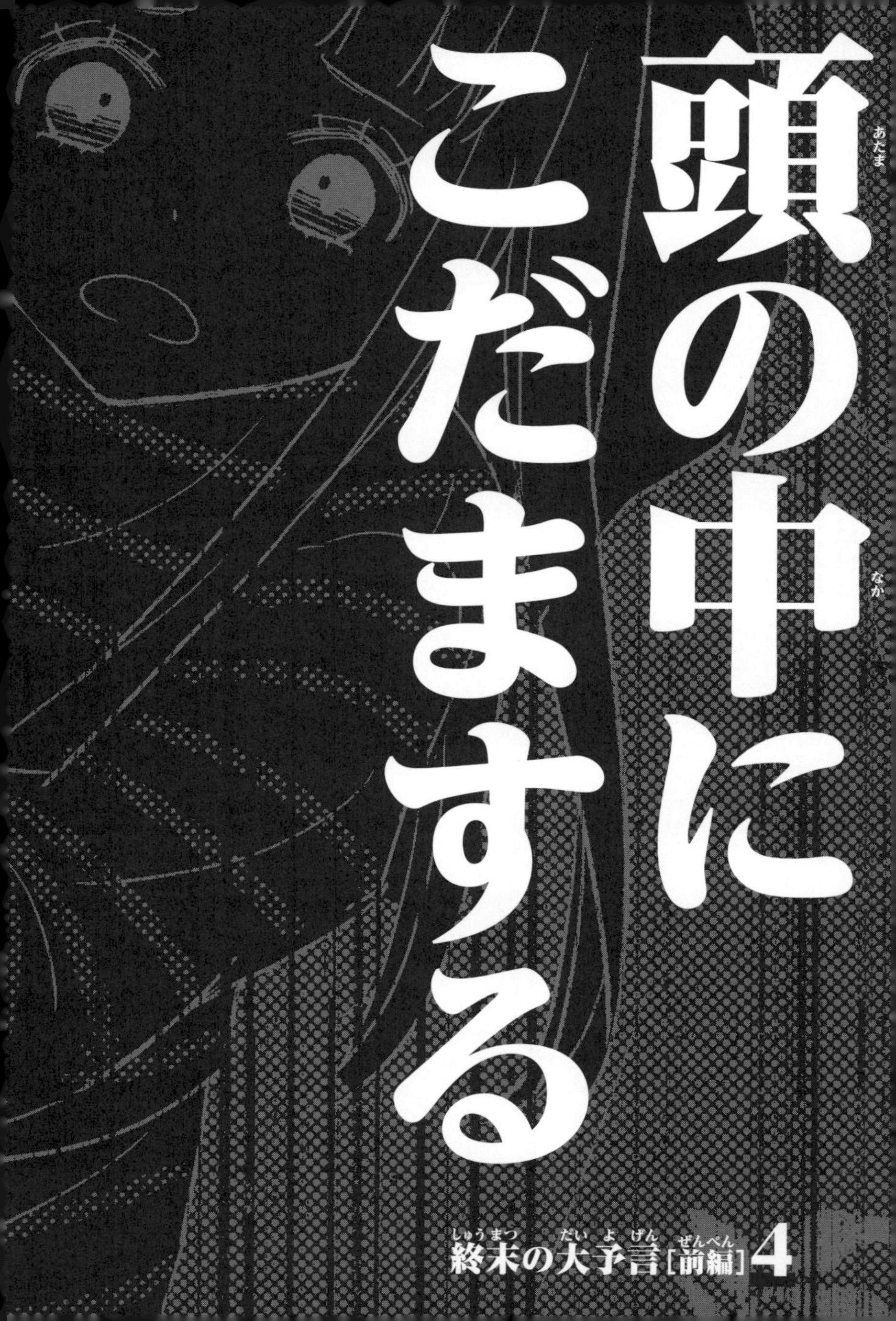

頭《あたま》の中《なか》にこだまする

終末《しゅうまつ》の大予言《だいよげん》[前編《ぜんぺん》]4

終《しゅう》末《まつ》の音《おと》

「**予言《よげん》の書《しょ》を手《て》に入《い》れたというのは本当《ほんとう》でしょうかっ!?**」

そう言《い》いながら、尾狩刑事《おかるけいじ》が喫茶《きっさ》「ポエム」に駆《か》け込《こ》んできた。

その姿《すがた》は異様《いよう》だった。

息《いき》は乱《みだ》れ、足元《あしもと》は休憩用《きゅうけいよう》のサンダル、上着《うわぎ》はブカブカの灰色《はいいろ》のジャケットを羽織《はお》っている。あわてて別《べつ》の刑事《けいじ》の上着《うわぎ》を着《き》てしまったらしい。

「気持《きも》ちはわかるけど、あわてすぎじゃ……」

そんな美希《みき》の声《こえ》も耳《みみ》に入《はい》らない様子《ようす》で、尾狩刑事《おかるけいじ》は足早《あしばや》に真実《しんじつ》に歩《あゆ》み寄《よ》った。

「これです。ぼくたちもまだくわしくは見《み》ていません」

真実《しんじつ》が予言《よげん》の書《しょ》を差《さ》し出《だ》す。

「これが……中《なか》を見《み》てもよろしいですか?」

震《ふる》える声《こえ》で尾狩刑事《おかるけいじ》がつぶやくと、真実《しんじつ》、健太《けんた》、美希《みき》はうなずいた。

一同《いちどう》の視線《しせん》が注《そそ》がれる中《なか》、ページがめくられると……。

そこには、不気味《ぶきみ》な絵《え》とともに、大《おお》きな文字《もじ》で予言《よげん》が記《しる》されていた。

『1の日《ひ》。酉《とり》の刻《こく》。街《まち》の頂上《ちょうじょう》に赤《あか》き女《おんな》が現《あらわ》れる』

「赤《あか》き女《おんな》……これはきっと、アクロバティックサラサラについての予言《よげん》だね」

健太《けんた》が言《い》うと、尾狩刑事《おかるけいじ》は取《と》り出《だ》したメモと照《て》らし合《あ》わせた。

「1の日《ひ》……とは1日《ついたち》のこと。そして酉《とり》の刻《こく》は、江戸時代《えどじだい》まで使《つか》われていた時刻《じこく》の表《あらわ》し方《かた》で夕方《ゆうがた》の5時《じ》から7時《じ》のことですね。先日《せんじつ》、杉田《すぎた》さんがアクロバティックサラサラを目撃《もくげき》した日時《にちじ》と一致《いっち》しています」

「次《つぎ》の予言《よげん》はどう？」

美希《みき》にうながされ、健太《けんた》がページをめくる。

『5の日《ひ》。申《さる》の刻《こく》。模型《もけい》が並《なら》ぶ部屋《へや》に、むらさきかがみの呪《のろ》いが浮《う》かぶ』

『10の日《ひ》。未《ひつじ》の刻《こく》。古《ふる》き蔵《くら》にて、件《くだん》が大《おお》いなる災《わざわ》いを告《つ》げる』

「これは、むらさきかがみの呪《のろ》いと件《くだん》のお告《つ》げの予言《よげん》かな」

健太《けんた》が言《い》うと、尾狩刑事《おかるけいじ》がすばやくメモをめくる。

「申《さる》の刻《こく》は午後《ごご》3時《じ》から5時《じ》。未《ひつじ》の刻《こく》は午後《ごご》1時《じ》から3時《じ》。どちらも、それぞれの事件《じけん》が起《お》きた日時《にちじ》とぴったり合《あ》っています」

「つまり、予言《よげん》の書《しょ》に書《か》かれたとおりに、事件《じけん》が起《お》こされていたってわけだね！」

健太《けんた》がうなずく横《よこ》で、尾狩刑事《おかるけいじ》は腕《うで》を組《く》み、首《くび》をひねった。

「……わかりません。どうにも不可思議《ふかしぎ》です」

「え？　いったい何《なに》が!?」

健太《けんた》が聞《き》くと、尾狩刑事《おかるけいじ》は写真《しゃしん》を取《と》り出《だ》し、机《つくえ》の上《うえ》に並《なら》べた。

それは、事件《じけん》を起《お》こした2人《ふたり》……矢部伸樹《やべのぶき》と平田並男《ひらたなみお》の写真《しゃしん》だった。

「この2人《ふたり》には事件後《じけんご》、部屋《へや》を見《み》せてもらいました。しかし、どこにも予言《よげん》の書《しょ》らしき本《ほん》はありませんでした」

「つまり、予言《よげん》を知《し》らないはずの2人《ふたり》が、予言《よげん》どおりの事件《じけん》を起《お》こしてたってこと？」

美希《みき》が眉《まゆ》をひそめて言《い》うと、尾狩刑事《おかるけいじ》はコクリとうなずいた。

「気《き》になっていることがあるんだ」

真実《しんじつ》がふいに声《こえ》をあげる。

「件《くだん》のお告《つ》げの事件《じけん》を起《お》こした平田《ひらた》くんは、公衆電話《こうしゅうでんわ》で、『神様《かみさま》の使《つか》い』からトリックを仕掛《しか》けるように言《い》われたと言《い》っていた。もしかしたらほかの事件《じけん》も……」

「公衆電話《こうしゅうでんわ》で指示《しじ》されていたかもしれないってこと？」

健太《けんた》の言葉《ことば》に真実《しんじつ》はうなずく。

「ああ。証拠《しょうこ》はないけどね」

そのときだった。

「お話《はな》し中《ちゅう》、ごめんよ」

喫茶店《きっさてん》のマスターが、みんなが注文《ちゅうもん》した飲《の》み物《もの》を配《くば》りはじめた。

その手《て》がふと止《と》まる。

「ん？　この子《こ》、見覚《みおぼ》えがあるなあ」

そう言《い》って指《ゆび》さしたのは、仲樹《のぶき》の写真《しゃしん》だった。

「どちらで見《み》かけたんですか？」

尾狩《おかる》刑事《けいじ》が聞《き》くと、マスターは思《おも》い出《だ》すように言《い》った。

「ぼくたち夫婦《ふうふ》は、夜遅《よるおそ》くに散歩《さんぽ》することがあるんだけど……たしかそのとき、公衆電話《こうしゅうでんわ》の横《よこ》のベンチに、ひとりでじっと座《すわ》っていたよ」

「伸樹《のぶき》くんが公衆電話《こうしゅうでんわ》の近《ちか》くに!?」

健太《けんた》が驚《おどろ》きの声《こえ》をあげる。

「思《おも》いつめたような顔《かお》をしてたから、よく覚《おぼ》えてるよ。そういえば、ママ！　別《べつ》の日《ひ》には、違《ちが》う子《こ》たちを見《み》かけたって言《い》ってなかったかい？」

マスターの呼《よ》びかけに、カウンターの中《なか》の妻《つま》がうなずく。

「そうそう！　夜中《よなか》に公衆電話《こうしゅうでんわ》の前《まえ》で、３人組《にんぐみ》の中《ちゅう》学生《がくせい》たちが言《い》い合《あ》いをしてたのよ。『もうあんなイタズラはしたくない』『いいや、神《かみ》の使《つか》いの言《い》うことを聞《き》かないと呪《のろ》われる』とか言《い》って……」

「神《かみ》の使《つか》い……？」

健太《けんた》が息《いき》をのむ。真実《しんじつ》はマスターの妻《つま》にたずねた。

「その3人組《にんぐみ》の中《なか》に、背《せ》の高《たか》い人《ひと》がいませんでしたか？」

「そうねえ、たしか3人《にん》ともバスケ部《ぶ》のジャージを着《き》て、背《せ》が高《たか》かったような」

その答《こた》えに真実《しんじつ》はうなずいた。

「きっと、アクロバティックサラサラの事件《じけん》を起《お》こしたのはその3人《にん》だ。サラサラに変装《へんそう》するには身長《しんちょう》が必要《ひつよう》だし、3人組《にんぐみ》の犯行《はんこう》だというぼくの推理《すいり》とも一致《いっち》する」

真実《しんじつ》の言葉《ことば》に、尾狩刑事《おかるけいじ》が声《こえ》をあげる。

「つながったであります！　すべての事件《じけん》が公衆電話《こうしゅうでんわ》

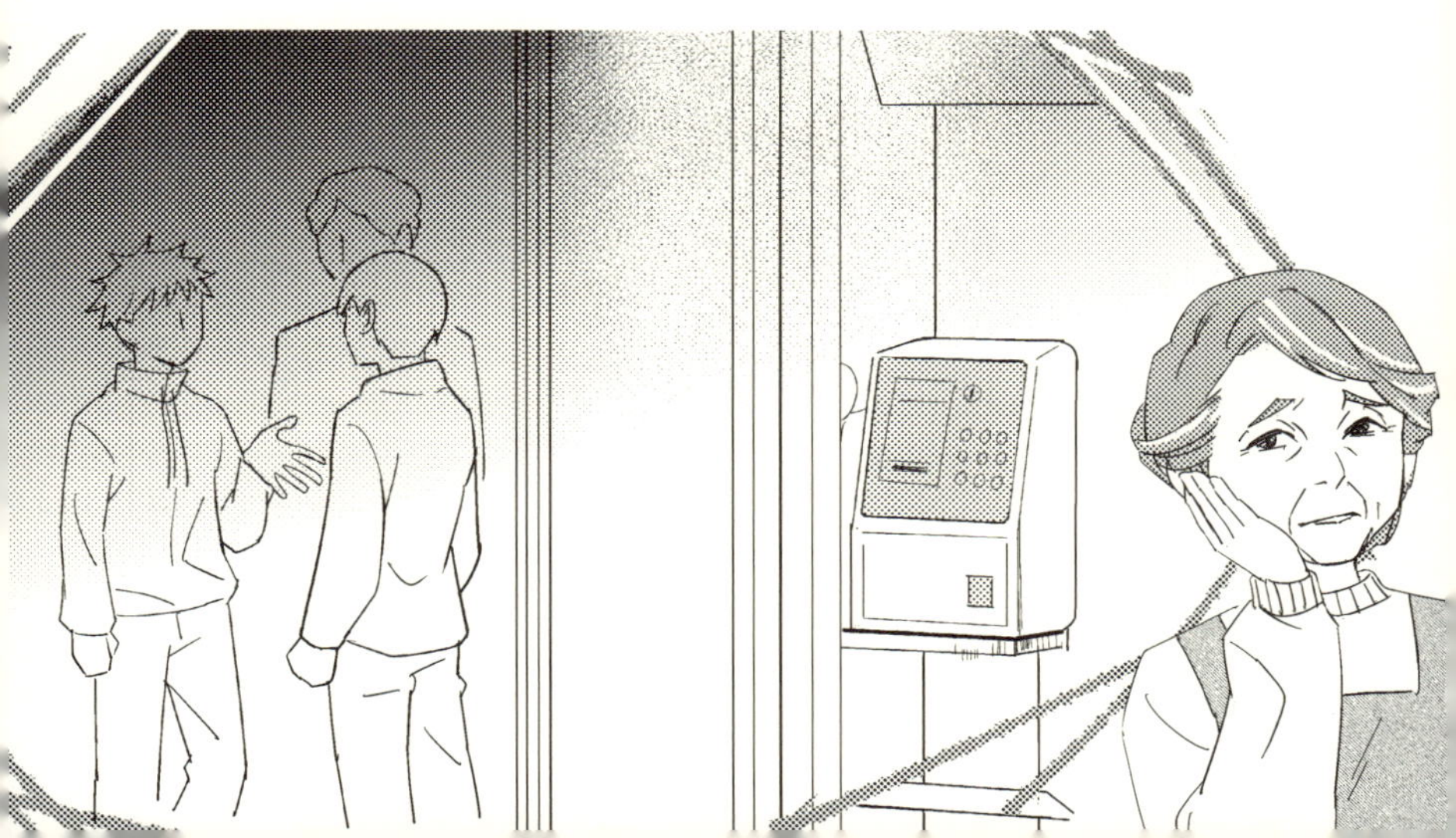

と！」

「え～と……つまり、どの事件《じけん》も神《かみ》の使《つか》いに命《めい》じられていたってこと!?」

健太《けんた》の言葉《ことば》に真実《しんじつ》はうなずいた。

「ああ。予言《よげん》の書《しょ》を作《つく》り、子《こ》どもたちに予言《よげん》のとおりに事件《じけん》を起《お》こさせた。おそらく、行方《ゆくえ》がわからなくなった子《こ》どもたちや、アリスさんにも神《かみ》の使《つか》いが関《かか》わっているはずだ」

「アリス……」

尾狩刑事《おかるけいじ》は震《ふる》える声《こえ》でつぶやくと、予言《よげん》の書《しょ》を手《て》に取《と》った。

「だとすれば、わたくしたちも予言《よげん》のナゾを追《お》えば、アリスやほかの子《こ》たちにも会《あ》えるはずです！　早《はや》く次《つぎ》の予言《よげん》の現場《げんば》に向《む》かうであります！」

そう言《い》って予言《よげん》の書《しょ》のページをめくった。

そこには新《あら》たな予言《よげん》が記《しる》されていた。

『15の日《ひ》。戌《いぬ》の刻《こく》。絶望《ぜつぼう》が広《ひろ》がる大地《だいち》へのぼれ。選《えら》ばれし者《もの》の耳《みみ》に、終末《しゅうまつ》の音《おと》が響《ひび》くだろう』

「絶望《ぜつぼう》が広《ひろ》がる大地《だいち》……？　終末《しゅうまつ》の音《おと》……？　いったいどういう意味《いみ》でしょう？」

尾狩刑事《おかるけいじ》は金平糖《こんぺいとう》を取《と》り出《だ》し、ガリガリとかみ砕《くだ》いた。

その横《よこ》で、真実《しんじつ》はブツブツと小声《こごえ》でつぶやいていた。

「勇者《ゆうしゃ》……健康《けんこう》……嫉妬《しっと》……」

「どうしたの⁉　真実《しんじつ》くん⁉」

驚《おどろ》いて健太《けんた》が言《い》う。

「マリーゴールドという花《はな》の花言葉《はなことば》だよ。ほかにもたくさんの花言葉《はなことば》があってね。その中《なか》に『絶望《ぜつぼう》』という言葉《ことば》もあるんだ。絶望《ぜつぼう》が広《ひろ》がる大地《だいち》というのは、マリーゴールドが一面《いちめん》に咲《さ》く場所《ばしょ》のことじゃないかな」

終末《しゅうまつ》
物事《ものごと》が最後《さいご》に行《い》き着《つ》くところを指《さ》し、特《とく》に、世界《せかい》の終《お》わりを指《さ》して使《つか》われることが多《おお》い。

花言葉《はなことば》
花《はな》の色《いろ》や香《かお》りなどの特徴《とくちょう》をもとに、その花《はな》に特定《とくてい》の意味《いみ》を持《も》たせた言葉《ことば》。同《おな》じ種類《しゅるい》の花《はな》でも、国《くに》や地域《ちいき》によって花言《はなこと》葉《ば》が違《ちが》うことがある。

その言葉《ことば》に、美希《みき》が「あっ！」と声《こえ》をあげる。

「わたし聞《き》いたことがある！　花森町《はなもりちょう》にある天狗山《てんぐやま》に、マリーゴールドが一面《いちめん》に咲《さ》く野原《のはら》があるって！」

「つまり、15日《にち》の戌《いぬ》の刻《こく》……夜《よる》7時《じ》から9時《じ》の間《あいだ》に、天狗山《てんぐやま》の野原《のはら》へ来《こ》いということでありますか!?」

尾狩刑事《おかるけいじ》の言葉《ことば》にうなずくと、真実《しんじつ》は人《ひと》さし指《ゆび》で眼鏡《めがね》を持《も》ち上《あ》げた。

「そしてもう一《ひと》つ。終末《しゅうまつ》の音《おと》とは、アポカリプティックサウンドのことだと思《おも》う」

「え、何《なに》？　アボカドサンド……？」

耳慣《みみな》れない言葉《ことば》に、健太《けんた》が首《くび》をかしげる。

「そうじゃないよ。世界中《せかいじゅう》で起《お》きている、不気味《ぶきみ》な音《おと》が空《そら》に響《ひび》く現象《げんしょう》のことさ。地球《ちきゅう》が発《はっ》する電波《でんぱ》が音《おと》になって聞《き》こえたものだという説《せつ》もあるけど、原因《げんいん》はまだ明《あき》らかになっていないんだ」

「でも、どうしてそれが『終末《しゅうまつ》の音《おと》』……世界《せかい》の終《お》わりの音《おと》だなんて言《い》われるの？」

今度《こんど》は美希《みき》が真実《しんじつ》にたずねた。

「キリスト教《きょう》の聖書《せいしょ》の一《ひと》つである新約聖書《しんやくせいしょ》に書《か》かれているんだ。世界《せかい》が終末《しゅうまつ》を迎《むか》えるとき、天使《てんし》たちが七《なな》つのラッパを吹《ふ》くって。ラッパが一《ひと》つ吹《ふ》かれる度《たび》に天変地異《てんぺんちい》や大《おお》きな災厄《さいやく》が起《お》こり、七《なな》つ吹《ふ》き終《お》えたときに世界《せかい》は滅《ほろ》びるとね。その話《はなし》と結《むす》びつけられているんだ」

真実《しんじつ》の言葉《ことば》に、健太《けんた》が眉《まゆ》をひそめる。

「そんな現象《げんしょう》を、予言《よげん》のとおり、決《き》められた時間《じかん》にどうやって起《お》こすんだろう？　もしかして『神《かみ》の使《つか》い』は、本当《ほんとう》に神様《かみさま》の仲間《なかま》だったりして……」

すると真実《しんじつ》は、予言《よげん》の書《しょ》から顔《かお》を上《あ》げて言《い》った。

「何《なに》が起《お》きるかは、15日《にち》の夜《よる》、天狗山《てんぐやま》に行《い》けばわかることさ」

そう言《い》うと、真実《しんじつ》はクンクンと小《ちい》さく鼻《はな》を鳴《な》らした。

「いい匂《にお》いだ。ぼくは、チョコレート・ブラウニーをお願《ねが》いします」

「え!?」

意外《いがい》な言葉《ことば》に健太《けんた》が振《ふ》り向《む》くと、マスター夫妻《ふさい》がお皿《さら》を持《も》って立《た》っていた。

「あんたたち、何《なん》だかわからないけど、大変《たいへん》なことに取《と》り組《く》んでるんだねえ」

「このケーキはわたしたちからのサービスよ。よかったら食《た》べてちょうだい」

お皿《さら》には、おいしそうなマドレーヌとチョコレート・ブラウニーが載《の》っていた。

「あー！　ずるい！　ぼくもチョコレート・ブラウニーがいい！」

「わたくしは、僭越《せんえつ》ながらマドレーヌを頂戴《ちょうだい》したいであります！」

しばしの時間《じかん》、店内《てんない》にみんなのにぎやかな声《こえ》があふれた。


15日《にち》の夜《よる》がやってきた。

待《ま》ち合《あ》わせ場所《ばしょ》の花森署《はなもりしょ》の入《い》り口《ぐち》に、尾狩刑事《おかるけいじ》がバタバタと駆《か》け込《こ》んできた。

「**遅《おく》れてしまって申《もう》し訳《わけ》ございません！　歯医者《はいしゃ》さんに行《い》っておりまして**」

「どうしたの？　虫歯《むしば》？」

健太《けんた》が聞《き》くと、尾狩刑事《おかるけいじ》は右《みぎ》のほおを押《お》さえながら答《こた》えた。

「はい。先週《せんしゅう》から突然《とつぜん》、奥歯《おくば》が痛《いた》みはじめまして……実《じつ》に不可思議《ふかしぎ》です」

「金平糖《こんぺいとう》の食《た》べすぎでしょ!!」

美希《みき》が苦笑《にがわら》いしながら言《い》う。

「さあ、車《くるま》に乗《の》ってください。天狗山《てんぐやま》に向《む》かうであります！」


天狗山《てんぐやま》は花森町《はなもりちょう》の西《にし》にそびえる、高《たか》さ800メートルほどの山《やま》だ。

真《ま》っ暗《くら》な山道《やまみち》を、尾狩刑事《おかるけいじ》が運転《うんてん》する車《くるま》が走《はし》り抜《ぬ》けていく。

木々《きぎ》の間《あいだ》を抜《ぬ》けると、3方向《ほうこう》を断崖《だんがい》に囲《かこ》まれた野原《のはら》が現《あらわ》れた。

一面《いちめん》、黄色《きいろ》やオレンジ色《いろ》のマリーゴールドの花《はな》が咲《さ》いている。

「あれが予言《よげん》にあった『絶望《ぜつぼう》が広《ひろ》がる大地《だいち》』ですね」

尾狩刑事《おかるけいじ》は脇道《わきみち》に車《くるま》を止《と》め、一同《いちどう》は野原《のはら》に足《あし》を踏《ふ》み入《い》れた。

「予言《よげん》にあった時刻《じこく》は『戌《いぬ》の刻《こく》』……つまり夜《よる》の7時過《じす》ぎ。もうすぐだ」

予言《よげん》の書《しょ》を手《て》にした真実《しんじつ》はそこまで言《い》うと、ふいに足《あし》を止《と》めた。

「気《き》をつけて。人《ひと》がいる」
「えっ!?　どこどこ!?」

驚《おどろ》き、すばやく真実《しんじつ》の背中《せなか》に身《み》を隠《かく》す健太《けんた》。

月《つき》は雲《くも》に覆《おお》われ、あたりは暗《くら》い。

目《め》をこらして見《み》ると、たしかに、暗闇《くらやみ》の中《なか》に人影《ひとかげ》が立《た》っている。

1人《ひとり》…2人《ふたり》…3人《にん》。それぞれ、手《て》に本《ほん》を持《も》っているようだ。


「きみたちも仲間《なかま》かい？」


暗闇《くらやみ》に少年《しょうねん》の声《こえ》が響《ひび》いた。

真実《しんじつ》は、手《て》にした予言《よげん》の書《しょ》を持《も》ち上《あ》げて答《こた》えた。

「ああ、きみたちと同《おな》じだ。予言《よげん》の書《しょ》を見《み》て来《き》たんだ。終末《しゅうまつ》の音《おと》を聞《き》きにね」

3人《にん》の影《かげ》が顔《かお》を見合《みあ》わせ、身構《みがま》えるのがわかった。

再《ふたた》び少年《しょうねん》の声《こえ》が響《ひび》く。

「予言《よげん》の書《しょ》は一冊《いっさつ》かい？　予言《よげん》の書《しょ》のことは誰《だれ》にも教《おし》えちゃいけないハズだよ。まさかルールを破《やぶ》ったんじゃないだろうね？」

3人《にん》は真実《しんじつ》たちから遠《とお》ざかるように後《あと》ずさりを始《はじ》めた。

「ああ！ ちょっと待《ま》って！ 待《ま》ってください！」

尾狩刑事《おかるけいじ》があわてて人影《ひとかげ》に走《はし》り寄《よ》る。

近《ちか》くで見《み》ると、それは、真実《しんじつ》たちと同《おな》じ年頃《としごろ》の2人《ふたり》の少年《しょうねん》と1人《ひとり》の少女《しょうじょ》だった。

尾狩刑事《おかるけいじ》はアリスの写真《しゃしん》を取《と》り出《だ》して、彼《かれ》らに見《み》せた。

「この子《こ》を捜《さが》してるんです。どこかで見《み》かけなかったですか？ 3カ月前《げつまえ》から行方《ゆくえ》がわからないんです」

3人《にん》は、黙《だま》ったまま顔《かお》を見合《みあ》わせている。

「お願《ねが》いです。どんなことでもいい。手《て》がかりがほしいんです」

やがて、少女《しょうじょ》がおそるおそる声《こえ》をあげた。

「……その子《こ》、異界《いかい》への扉《とびら》を開《ひら》いたんじゃない？」

「異界《いかい》への扉《とびら》……？」

「予言《よげん》の書《しょ》に書《か》いてあるでしょ……怪現象《かいげんしょう》の真《しん》の姿《すがた》を見《み》たら、異界《いかい》への扉《とびら》が開《ひら》くって……うわさだと、異界《いかい》へ行《い》ったら二度《にど》と帰《かえ》ってこられなくなるって……」

「二度《にど》と帰《かえ》ってこられない……？」

尾狩刑事《おかるけいじ》がつぶやいたそのときだった。

ドオオオオオン

かすかな振動《しんどう》とともに、低《ひく》くにぶい音《おと》が響《ひび》いた。

驚《おどろ》き、あたりを見回《みまわ》す一同《いちどう》。

「いったい何《なん》の音《おと》!?」

健太《けんた》があわてて口《くち》にすると、再《ふたた》び音《おと》がこだました。

ドオオオオオン……ドオオオオオン……。

低《ひく》く、重《おも》く、体《からだ》の底《そこ》まで響《ひび》くような不気味《ぶきみ》な音《おと》だった。

「もしかして、これがアポカリプティックサウンド!?」

美希《みき》がつぶやくと、少年《しょうねん》たちは喜《よろこ》びの声《こえ》をあげた。

「終末《しゅうまつ》の音《おと》だ！　予言《よげん》の書《しょ》のとおりだ！」

「予言《よげん》には、選《えら》ばれし者《もの》に聞《き》こえるって。おれたちは選《えら》ばれたんだ！」

すると、真実《しんじつ》は静《しず》かに首《くび》を横《よこ》に振《ふ》った。

「いいや、これは終末《しゅうまつ》の音《おと》……アポカリプティックサウンドじゃない」

真実《しんじつ》の言葉《ことば》に、少年《しょうねん》たちはムッとして顔色《かおいろ》を変《か》えた。

「どうしてそんなことがわかるんだよ!?」

真実《しんじつ》は言葉《ことば》を続《つづ》ける。

「予言《よげん》の書《しょ》がなぜ今日《きょう》の夜《よる》……つまり、15日《にち》の夜《よる》7時《じ》を指定《してい》したのか気《き》になってね。調《しら》べたら、毎月《まいつき》15日《にち》の夜《よる》は、１００キロほど離《はな》れた山《やま》のふもとで自衛隊《じえいたい》の砲撃訓練《ほうげきくんれん》があるとわかったんだ。砲撃《ほうげき》の音《おと》が遠《とお》くまで伝《つた》わるのはよくあることだよ」

そう言《い》って真実《しんじつ》は、野原《のはら》を囲《かこ》む断崖《だんがい》を指《ゆび》さした。

「しかも、この場所《ばしょ》は3方向《ほうこう》を断崖《だんがい》に囲《かこ》まれている。だから、遠《とお》くの音《おと》でも反響《はんきょう》してよく聞《き》こえるんだ。それが、今聞《いまき》こえている音《おと》の正体《しょうたい》だよ」

真実《しんじつ》の横《よこ》で健太《けんた》が胸《むね》を張《は》って言《い》う。

「ほーらね。真実《しんじつ》くんの手《て》にかかれば、解《と》けないナゾなんてないのさ！」

「そういうことだったのか……」

少年《しょうねん》たちは納得《なっとく》したようにため息《いき》をついた。

そのときだった。

少女《しょうじょ》がハッとして顔《かお》を上《あ》げた。

「今《いま》、誰《だれ》かわたしの名前《なまえ》を呼《よ》んだ？　さゆりって……」

健太《けんた》は美希《みき》と顔《かお》を見合《みあ》わせた。

「え？　いや、ぼくたちは呼《よ》んでないよ」

すると、さゆりと名乗《なの》った少女《しょうじょ》は、両手《りょうて》で耳《みみ》を押《お》さえてしゃがみこんだ。

「ああっ！　聞《き》こえる！

はっきり聞《き》こえるの！　わたしの名前《なまえ》を呼んでる！　本当《ほんとう》の終末《しゅうまつ》の音《おと》はこれからだって言《い》ってるわ……！」

突然《とつぜん》の出来事《できごと》に、一同《いちどう》はあっけにとられてさゆりを見《み》つめた。

「ねえ大丈夫《だいじょうぶ》!?　しっかりして！」

美希《みき》は心配《しんぱい》そうにさゆりの肩《かた》を抱《だ》き、真実《しんじつ》に言《い》った。

「どうしたんだろう？　もしかして幻聴《げんちょう》とか!?」

だが次《つぎ》の瞬間《しゅんかん》、信《しん》じられないことが起《お》きた。

尾狩刑事《おかるけいじ》も両手《りょうて》で耳《みみ》をふさいだのだ。

「これは……どういうことです!?　実《じつ》に不可思議《ふかしぎ》です!!」

「尾狩刑事《おかるけいじ》!?　どうしたの!?」

健太《けんた》の呼《よ》びかけに、尾狩刑事《おかるけいじ》は顔《かお》をゆがませながら答《こた》える。

「その言葉《ことば》、わたくしにも聞《き》こえます！」

終末《しゅうまつ》の音《おと》はこれからだと繰《く》り返《かえ》しています！」

「ええっ！　尾狩刑事《おかるけいじ》まで!?」

健太《けんた》はあわてて耳《みみ》を澄《す》ましたが、あたりは静寂《せいじゃく》に包《つつ》まれている。

虫《むし》の声《こえ》ひとつ聞《き》こえない。

そんな中《なか》、さゆりは苦《くる》しそうに声《こえ》をあげた。

「頭《あたま》の中《なか》で音《おと》が鳴《な》りはじめた……！　金属《きんぞく》をこすりあわせたような音《おと》が……！」

尾狩刑事《おかるけいじ》も続《つづ》けて言《い》う。

「わたくしにも聞《き》こえるであります……！　ギィィィィン、ギィィィィンって……すごく不《ぶ》気味《きみ》で不快《ふかい》な音《おと》が頭《あたま》の中《なか》で響《ひび》いてます……！」

少年《しょうねん》たちは顔《かお》を見合《みあ》わせ、つぶやいた。

「これが予言《よげん》にあった『選《えら》ばれし者《もの》の耳《みみ》に響《ひび》く終末《しゅうまつ》の音《おと》』!?」

さゆりの呼吸《こきゅう》が、どんどん荒《あら》くなっていく。

「また声《こえ》が聞《き》こえはじめた……！　我《われ》は神《かみ》の使《つか》いなり……」

「神《かみ》の使《つか》いだって……!?」

健太《けんた》がゴクリとつばをのむ。

尾狩刑事《おかるけいじ》の呼吸《こきゅう》も、しだいに荒《あら》くなっていく。


「……汝《なんじ》、選《えら》ばれし者《もの》よ……

終末《しゅうまつ》が近《ちか》づきしことを人々《ひとびと》に伝《つた》えよ……

さもなくば、汝《なんじ》、地獄《じごく》の炎《ほのお》に焼《や》かれるであろう……！

我《われ》は神《かみ》の使《つか》いなり……！」


美希《みき》が震《ふる》える声《こえ》で真実《しんじつ》に言《い》う。

「2人《ふたり》に同《おな》じ音《おと》や声《こえ》が聞《き》こえるってことは、幻聴《げんちょう》じゃないってこと!? いったいどうなってるの!?」

真実《しんじつ》の額《ひたい》に、ひとすじの汗《あせ》が流《なが》れた。

「なぜ2人《ふたり》にだけ声《こえ》が聞《き》こえるんだ……!?」

さゆりはポロポロと涙《なみだ》を流《なが》していた。

「やっとわかった。いつもわたしの頭《あたま》の中《なか》に聞《き》こえる声《こえ》は、神様《かみさま》の使《つか》いの声《こえ》だったのね」

その言葉《ことば》を聞《き》いた真実《しんじつ》はしゃがみこみ、まっすぐにさゆりの瞳《ひとみ》を見《み》つめた。

「いつも聞《き》こえると言《い》ったね？　どういうことか教《おし》えてくれないか？」

「家《いえ》や学校《がっこう》、どこにいてもいつも聞《き》こえるの。話《はな》し声《ごえ》や笑《わら》い声《ごえ》、ときには歌声《うたごえ》まで……朝《あさ》から晩《ばん》までずっと。周《まわ》りを見《み》ても誰《だれ》もいないの……」

さゆりの意外《いがい》な告白《こくはく》に、健太《けんた》は背筋《せすじ》がゾッとした。

「……怖《こわ》かった……つらかった……でも、頭《あたま》が変《へん》だって思《おも》われそうだから誰《だれ》にも相談《そうだん》できなかった……。だけど今《いま》わかった……わたしは、神様《かみさま》の使《つか》いに選《えら》ばれたのね……」

その言葉《ことば》をさえぎるように、尾狩刑事《おかるけいじ》が言《い》う。

「待《ま》ってください！　わたくしには普段《ふだん》そんな声《こえ》は聞《き》こえません！　声《こえ》が聞《き》こえたのは今《いま》が初《はじ》めてです……！」

「こんなことができるなんて、神《かみ》の使《つか》いはやっぱり本物《ほんもの》なのかも!!」

健太《けんた》は我《われ》を忘《わす》れて大《おお》きな声《こえ》で叫《さけ》んだ。

だが、真実《しんじつ》のまなざしは冷静《れいせい》だった。

「いや、必《かなら》ず理由《りゆう》があるはずだ。いつも聞《き》こえるということは、もしかしたら……」

真実《しんじつ》は、尾狩刑事《おかるけいじ》を支《ささ》えるようにして一緒《いっしょ》に立《た》ち上《あ》がった。

「尾狩刑事《おかるけいじ》、車《くるま》を運転《うんてん》できますか？　このナゾを解《と》くために、試《ため》したいことがあるんです。さゆりさん、きみも一緒《いっしょ》に来《き》てほしい」

少年《しょうねん》たちをその場《ば》に置《お》いて、真実《しんじつ》たちは車《くるま》に乗《の》り込《こ》んだ。

「このまま、まっすぐ山道《やまみち》を上《のぼ》ってください」

「わかりました……行《い》きますよ……！」

尾狩刑事《おかるけいじ》は口《くち》に金平糖《こんぺいとう》を放《ほう》り込《こ》むと、ガリガリとかみ砕《くだ》いてアクセルを踏《ふ》んだ。

ブォオオオン！

車《くるま》はいきなり、うしろ向《む》きに走《はし》りはじめた。

「わわわっ！　バックしてるよ！　山《やま》を下《くだ》ってる！」

健太《けんた》が叫《さけ》ぶと、尾狩刑事《おかるけいじ》はあわててブレーキを踏《ふ》んだ。

「申《もう》し訳《わけ》ございません！　ギアを入《い》れ間違《まちが》えておりました！」

ギアを入《い》れ替《か》え、再《ふたた》びアクセルを踏《ふ》むと、今度《こんど》は前《まえ》に向《む》かって走《はし》りはじめた。

車《くるま》は細《ほそ》い山道《やまみち》を上《のぼ》っていく。

ハンドルを握《にぎ》る尾狩刑事《おかるけいじ》の顔《かお》が、苦《くる》しそうにゆがむ。

「頭《あたま》の中《なか》に聞《き》こえる音《おと》が、どんどん大《おお》きくなってきました……！」

後部座席《こうぶざせき》に座《すわ》るさゆりも声《こえ》をあげた。

「今《いま》まで聞《き》いたことがないくらい、大《おお》きな音《おと》……！」

真実《しんじつ》がフロントガラスを指《ゆび》さして言《い》う。

「この先《さき》にトンネルがあるはずだ。そこまで車《くるま》を走《はし》らせてください！」

その声《こえ》をさえぎるように、さゆりが叫《さけ》ぶ。

「行《い》っちゃダメ！　声《こえ》がわたしの名前《なまえ》を呼《よ》んでる！
すぐに引《ひ》き返《かえ》せ、暗《くら》き闇《やみ》の中《なか》に入《はい》ったら、
恐《おそ》ろしいことが起《お》きるって……！」

「わたくしにも聞《き》こえます……！　どうしますか!?」

尾狩刑事《おかるけいじ》がバックミラー越《ご》しに真実《しんじつ》に目《め》をやる。

「どうするの!?　真実《しんじつ》くん！」

健太《けんた》も声《こえ》をあげる。

真実《しんじつ》は、まっすぐ前《まえ》を向《む》いたまま答《こた》えた。

「このまま進《すす》んでください！」

やがて、ヘッドライトの先《さき》に古《ふる》いトンネルが見《み》えてきた。

キキキーーーッ！

トンネルの手前《てまえ》に車《くるま》を止《と》めると、一同《いちどう》は車《くるま》を降《お》りた。

「イヤよ！　入《はい》りたくない！　神様《かみさま》の使《つか》いが言《い》ってるのよ！　恐《おそ》ろしいことが起《お》きるって！」

真実《しんじつ》は、叫《さけ》ぶさゆりの両肩《りょうかた》に手《て》を置《お》き、瞳《ひとみ》をまっすぐ見《み》つめて言《い》った。

「その声《こえ》は『神様《かみさま》の使《つか》い』なんかじゃない。トンネルの中《なか》に入《はい》れば、科学《かがく》が本当《ほんとう》の答《こた》えを教《おし》えてくれるはずだ」

「でも……わたし、怖《こわ》いの……！」

「大丈夫《だいじょうぶ》、ぼくを信《しん》じて」

そう言《い》うと、真実《しんじつ》はさゆりの手《て》を取《と》り、トンネルへと歩《ある》きはじめた。
そして、暗闇《くらやみ》の中《なか》へ足《あし》を踏《ふ》み入《い》れる。

「あっ！」

初《はじ》めに声《こえ》をあげたのは尾狩刑事《おかるけいじ》だった。

「音《おと》が……

声《こえ》が消《き》えたで

あります……！」

続《つづ》けて、さゆりも小《ちい》さな声《こえ》でつぶやいた。

「ほんとだ……何《なに》も聞《き》こえなくなった……」

「真実《しんじつ》くん、いったいどういうことなの!?」

健太《けんた》には、何《なに》が起《お》きているのかさっぱりわからなかった。

「思《おも》ったとおりだ。終末《しゅうまつ》の音《おと》……そしてナゾの声《こえ》の正体《しょうたい》はラジオの電波《でんぱ》だったんだ。ラジオの電波《でんぱ》は、ビルの谷間《たにま》や地下《ちか》、トンネルの中《なか》には届《とど》きにくい。だからトンネルの中《なか》に入《はい》ったら声《こえ》が聞《き》こえな

くなったのさ」

しかし、みんなはまだ納得《なっとく》しきれていない様子《ようす》だった。

美希《みき》が考《かん》えを整理《せいり》するように、ゆっくりと言《い》う。

「……つまり、誰《だれ》かがラジオの電波《でんぱ》に、終末《しゅうまつ》の音《おと》や謎《なぞ》の声《こえ》を乗《の》せて流《なが》していたって

いうわけ？　でも、どうしてその音《おと》が２人《ふたり》の頭《あたま》の中《なか》にだけ聞《き》こえたの？」

「さゆりさんと尾狩刑事《おかるけいじ》……２人《ふたり》の体《からだ》の一部《いちぶ》の『あるもの』が、

アンテナ代《が》わりになって、ラジオの電波《でんぱ》を受信《じゅしん》していたんだ」

「体《からだ》の一部《いちぶ》の『あるもの』……？」

さゆりがぼうぜんとつぶやく。

はたして、その

「あるもの」とは？

尾狩刑事《おかるけいじ》が待《ま》ち合《あ》わせに遅《おく》れた理由《りゆう》と関係《かんけい》があるよ。

解《かい》決《けつ》編《へん》

真実《しんじつ》が小型《こがた》のライトをつけると、トンネルの中《なか》に光《ひかり》がともった。

一同《いちどう》が見《み》つめる中《なか》、真実《しんじつ》は静《しず》かに話《はな》し始《はじ》めた。

「尾狩刑事《おかるけいじ》、今日《きょう》、歯医者《はいしゃ》に行《い》ったと言《い》ってましたね。もしかして、銀歯《ぎんば》を入《い》れたんじゃないですか？」

「そのとおりです……どうしてわかるんですか？」

尾狩刑事《おかるけいじ》は狐《きつね》につままれたような顔《かお》をしている。

「そしておそらく……さゆりさん、あなたにも銀歯《ぎんば》が入《はい》っているはずだ」

「ええ……たしかにあるわ」

「それがアンテナの代《か》わりになったのさ」

真実《しんじつ》が言《い》うと、健太《けんた》は驚《おどろ》きの声《こえ》をあげた。

「えっ!?　銀歯《ぎんば》がラジオの電波《でんぱ》を受信《じゅしん》してたっていうの!?」

「ああ。とても珍《めずら》しい例《れい》だけどね。銀歯《ぎんば》を入《い》れた場所《ばしょ》や形《かたち》など、いくつかの条件《じょうけん》が重《かさ》なったときに見《み》られる現象《げんしょう》なんだ。電波《でんぱ》は銀歯《ぎんば》を振動《しんどう》させることがある。その振動《しんどう》が頭《あたま》の骨《ほね》を伝《つた》わって耳《みみ》の神経《しんけい》に届《とど》くと、それを脳《のう》が音《おと》として感《かん》じとり、ラジオの音《おと》が頭《あたま》の中《なか》で幻聴《げんちょう》のように聞《き》こえるんだ」

さゆりが震《ふる》える声《こえ》でつぶやく。

「今《いま》までずっと聞《き》こえていた話《はな》し声《ごえ》や歌声《うたごえ》は、ラジオの音《おと》だったの……!?」

だが、尾狩刑事《おかるけいじ》は腕《うで》を組《く》んだまま考《かんが》えていた。

「まだわからないことがあります。神《かみ》の使《つか》いだという声《こえ》は、さゆりさんの名前《なまえ》を呼《よ》んでいた。それに、わたくしたちがトンネルに向《む》かうことも知《し》っていた。それはどうしてでしょうか？」

真実《しんじつ》はうなずくと、さゆりに語《かた》りかけた。

「さゆりさん、あなたはさっき、頭《あたま》の中《なか》で声《こえ》が聞《き》こえる悩《なや》みを誰《だれ》にも相談《そうだん》したことがないと言《い》ってたけれど、それは確《たし》かかい？」

「そういえば……去年《きょねん》、ネットの掲示板《けいじばん》に悩《なや》みを書《か》き込《こ》んだことがあったかも」

真実《しんじつ》は、クイッと人《ひと》さし指《ゆび》で眼鏡《めがね》を持《も》ち上《あ》げた。

「犯人《はんにん》はそのサイトを見《み》ていたのかもしれない。

ラジオが音《おと》を出《だ》すしくみ

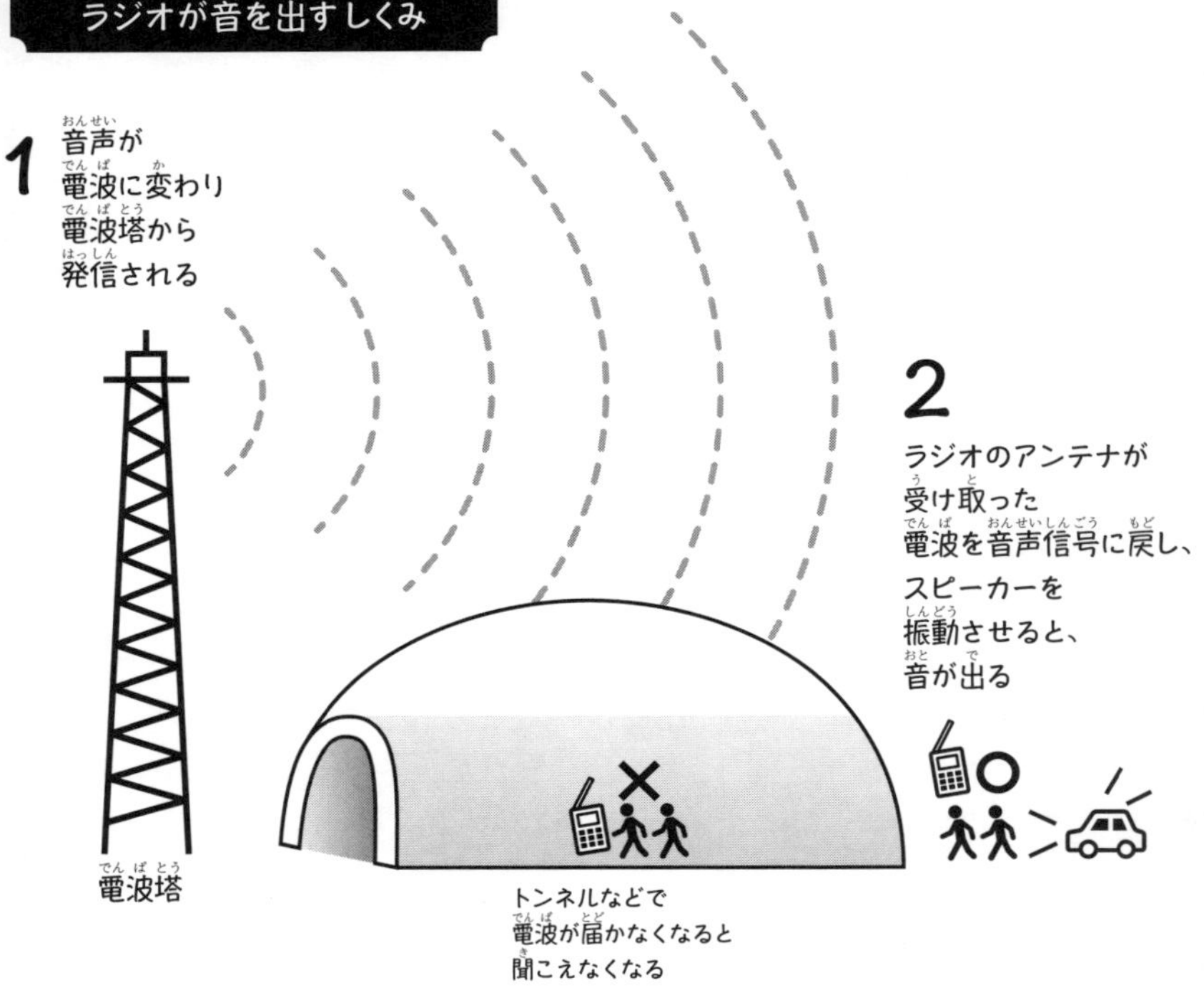

銀歯《ぎんば》がアンテナの代《か》わりに!?

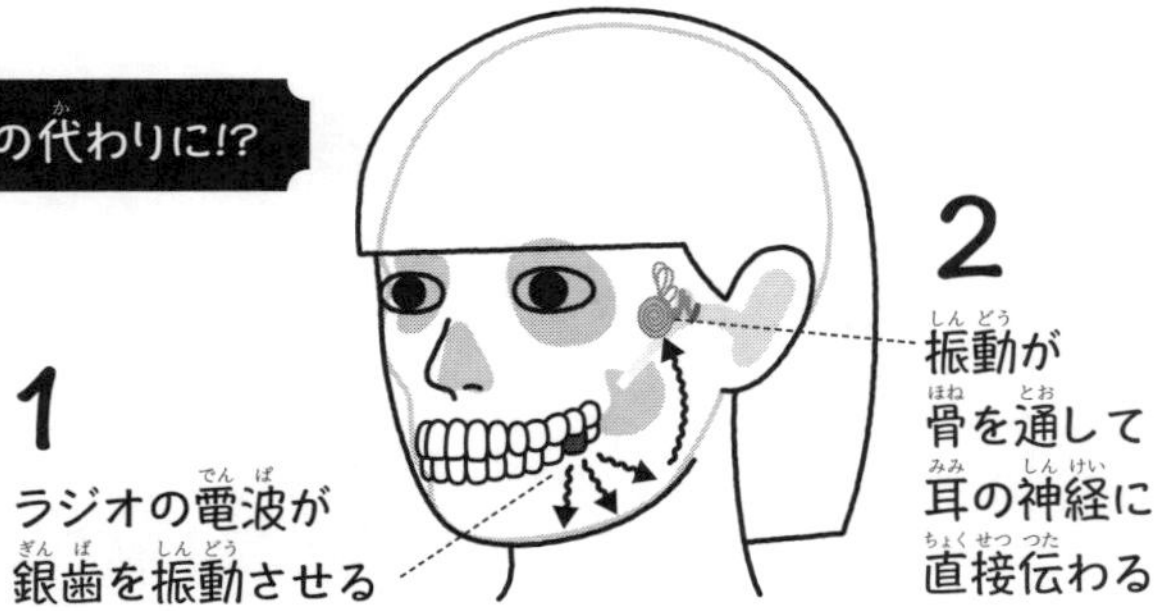

そして、あなたを利用《りよう》できると狙《ねら》いをつけていた。

おそらく、野原《のはら》にいた少年《しょうねん》のどちらかが犯人《はんにん》の指示《しじ》を受《う》けて、ぼくらを見張《みは》っていたんだろう。少年《しょうねん》から車《くるま》が向《む》かった先《さき》を聞《き》いた犯人《はんにん》は、トンネルに向《む》かうなというメッセージを送《おく》って警告《けいこく》してきた。トンネルに入《はい》られたら、ラジオの電波《でんぱ》のトリックがバレてしまうからね」

「そういうことですか……」

尾狩刑事《おかるけいじ》が言《い》うと、真実《しんじつ》は立《た》ち上《あ》がり、反対側《はんたいがわ》の出口《でぐち》に向《む》かって歩《ある》き始《はじ》めた。

「真実《しんじつ》くん、どこに行《い》くの!?」

健太《けんた》の声《こえ》に、真実《しんじつ》は前《まえ》を見《み》つめたまま答《こた》えた。

「もう一《ひと》つ、犯人《はんにん》が隠《かく》したかったものがこの先《さき》にあるはずだ」

健太《けんた》たちも、あわてて真実《しんじつ》を追《お》いかけた。

トンネルの出口《でぐち》を抜《ぬ》けると、木々《きぎ》の向《む》こうにあるものが見《み》えた。

「あっ！　あれは……！」

健太《けんた》が指《ゆび》さした先《さき》に立《た》っていたもの……それは古《ふる》い鉄塔《てっとう》だった。

「ラジオの電波塔《でんぱとう》だよ。車《くるま》で山道《やまみち》を上《のぼ》るほど、電波塔《でんぱとう》との距離《きょり》が近《ちか》くなる。だから頭《あたま》の中《なか》で聞《き》こえる音《おと》が大《おお》きくなったんだ」

そこまで言《い》うと真実《しんじつ》はさゆりに向《む》き直《なお》り、声《こえ》をかけた。

「さゆりさん、これまでつらかったね。でももう大丈夫《だいじょうぶ》。歯《は》の治療《ちりょう》をやり直《なお》せば、もう声《こえ》は聞《き》こえなくなるよ」

その声《こえ》の優《やさ》しい響《ひび》きに、さゆりの目《め》からぽろぽろと涙《なみだ》があふれた。

「……ありがとう。本当《ほんとう》にありがとう」

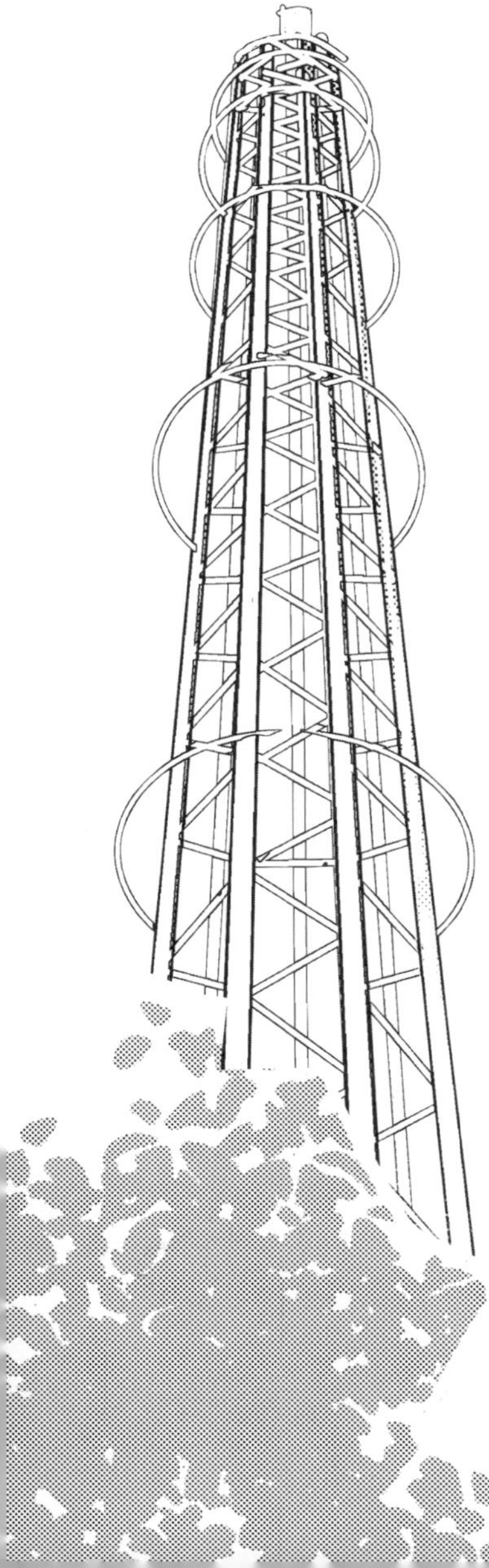

それから1週間後《しゅうかんご》。

花森小学校《はなもりしょうがっこう》の校庭《こうてい》の片隅《かたすみ》に、真実《しんじつ》と健太《けんた》、そして尾狩刑事《おかるけいじ》の姿《すがた》があった。

報告《ほうこく》したいことがあると、尾狩刑事《おかるけいじ》が訪《たず》ねてきたのだ。

「さゆりさんと歯《は》の治療《ちりょう》に行《い》ってきたんです。銀歯《ぎんば》を金属《きんぞく》ではない素材《そざい》に変《か》えていただいたら、声《こえ》が聞《き》こえなくなったって、さゆりさんも喜《よろこ》んでいましたよ」

「うわあ、それはよかった！」

笑顔《えがお》で健太《けんた》が言《い》うと、真実《しんじつ》もうなずいた。

「それからもう一《ひと》つ発見《はっけん》がありました」

そう言《い》うと、尾狩刑事《おかるけいじ》はメモを見《み》ながら話《はな》しはじめた。

「天狗山《てんぐやま》の近《ちか》くにある歯科医院《しかいいん》に聞《き》き込《こ》みをしましたら、アリスに見覚《みおぼ》えがある先生《せんせい》がいたんです。銀歯《ぎんば》がラジオの電波《でんぱ》を受信《じゅしん》することはあるかと聞《き》かれたそうです」

「つまり、アリスさんはこの予言《よげん》のナゾも解《と》いたことになる」

真実《しんじつ》の答《こた》えに、尾狩刑事《おかるけいじ》は力《ちから》なくうなずいた。

「……そうですね。アリスはいったいどこへ行《い》ってしまったのか……」

「予言《よげん》の書《しょ》にはまだ予言《よげん》が残《のこ》ってるからね。アリスちゃんは絶対見《ぜったいみ》つかるよ!」

健太《けんた》が明《あか》るく言《い》ったそのとき……美希《みき》があわてて駆《か》け込《こ》んできた。

「大変《たいへん》よ! ネットにアリスちゃんらしき人《ひと》のコメントを見《み》つけたの! 彼女《かのじょ》が姿《すがた》を消《け》した場所《ばしょ》がわかるかもしれない!」

その言葉《ことば》に、尾狩刑事《おかるけいじ》は息《いき》をのんだ。

「それは本当《ほんとう》でありますか!?」

4

SCIENCE TRICK DATA FILE

科学《かがく》トリック データファイル

電《でん》波《ぱ》って何《なに》？

スマートフォンやテレビ、ラジオなど、身近《みぢか》にある電子機器《でんしきき》はどうやって情報《じょうほう》を送《おく》ったり受《う》け取《と》ったりしているのでしょうか。そこには目《め》に見《み》えない電波《でんぱ》が使《つか》われています。電波《でんぱ》とは電線《でんせん》やケーブルを使《つか》わずに情報《じょうほう》を伝《つた》えることができる電気《でんき》エネルギーの波《なみ》のことで

支《ささ》えている！

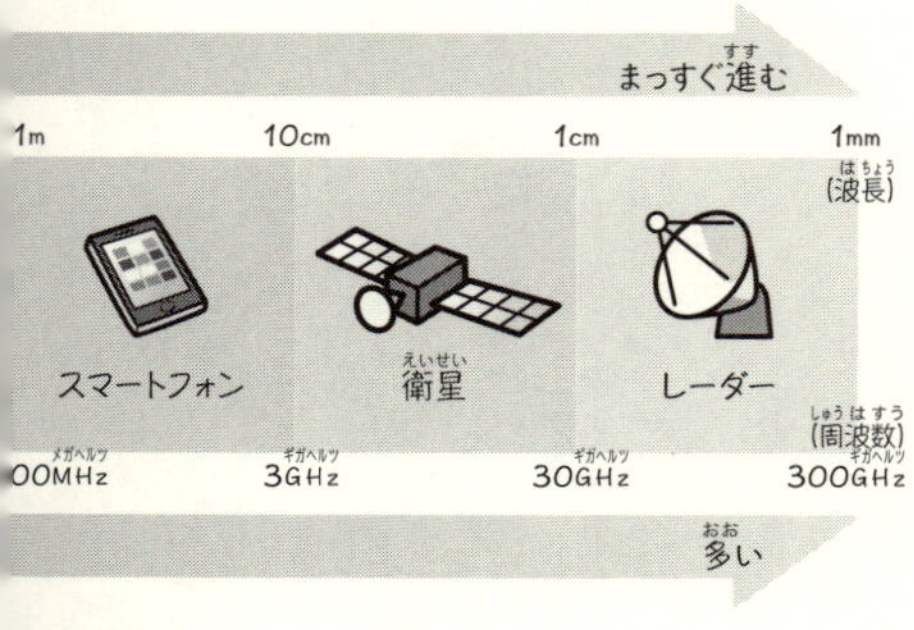

周波数《しゅうはすう》が高《たか》い電《でん》波《ぱ》は狭《せま》い範囲《はんい》にたくさんの情報《じょうほう》を届《とど》けることができ、周波数《しゅうはすう》が低《ひく》い電波《でんぱ》は少《すく》ない情報《じょうほう》を広《ひろ》く伝《つた》えることができる

す。

基地局《きちきょく》から発信《はっしん》された電波《でんぱ》は、遠《とお》くなるにつれて弱《よわ》くなり、建物《たてもの》などの障害物《しょうがいぶつ》で反射《はんしゃ》したりさえぎられたりすることもありますが、ものを通《とお》り抜《ぬ》けたり、うしろに回《まわ》り込《こ》んだりすることもできます。

電波《でんぱ》の伝《つた》わり方《かた》や送《おく》れる情報量《じょうほうりょう》は波《なみ》の長《なが》さ（波長《はちょう》）や1秒《びょう》あたりの波《なみ》の数《かず》（周波数《しゅうはすう》）によって違《ちが》い、使《つか》い方《かた》が決《き》められているのです。

いろいろな種類《しゅるい》の電波《でんぱ》が生活《せいかつ》を

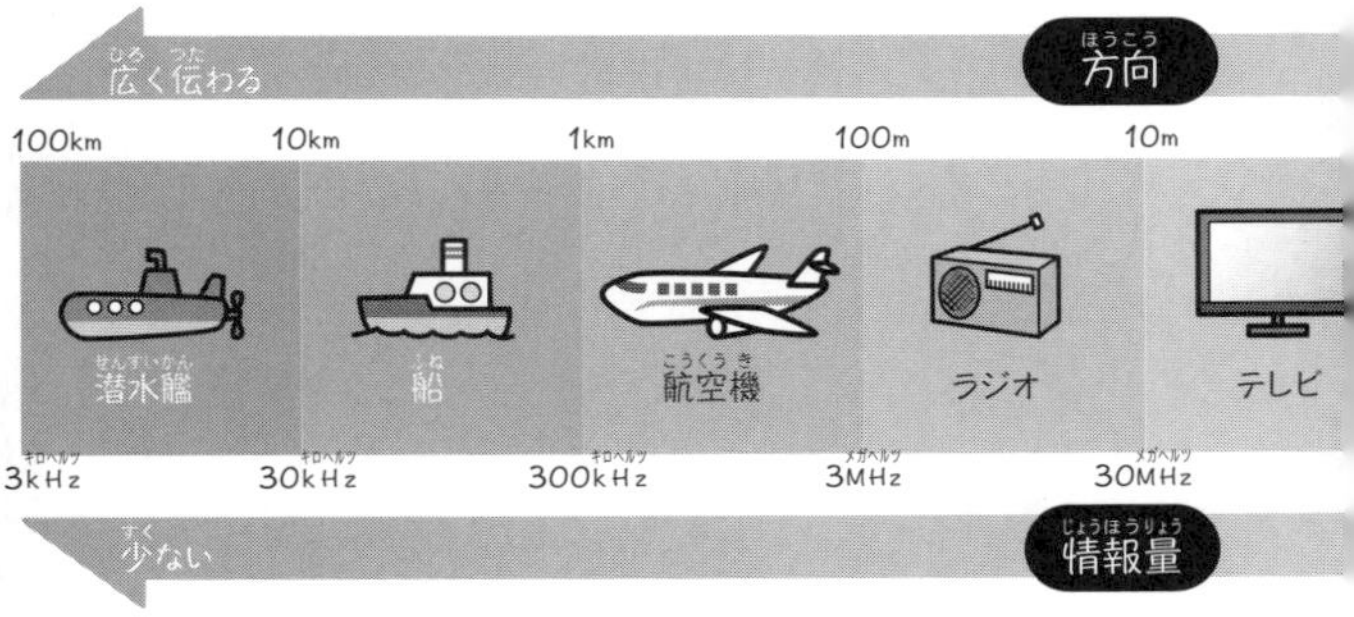

尾狩刑事《おかるけいじ》と真実《しんじつ》たちは、花森小学校《はなもりしょうがっこう》の新聞部《しんぶんぶ》の部室《ぶしつ》にいた。

パソコンの画面《がめん》には、あるサイトが表示《ひょうじ》されている。

「すごくマイナーなオカルト掲示板《けいじばん》なんだけど、アリスちゃんの手《て》がかりを探《さが》してたら偶然《ぐうぜん》見《み》つけたの。ほら、ここを見《み》て！」

美希《みき》が指《ゆび》さす先《さき》に「アリス」と書《か》かれた名前《なまえ》があった。


「アリス……!?」


尾狩刑事《おかるけいじ》は食《く》い入《い》るように画面《がめん》を見《み》つめた。

そこには、次《つぎ》のようなメッセージが書《か》き込《こ》まれていた。

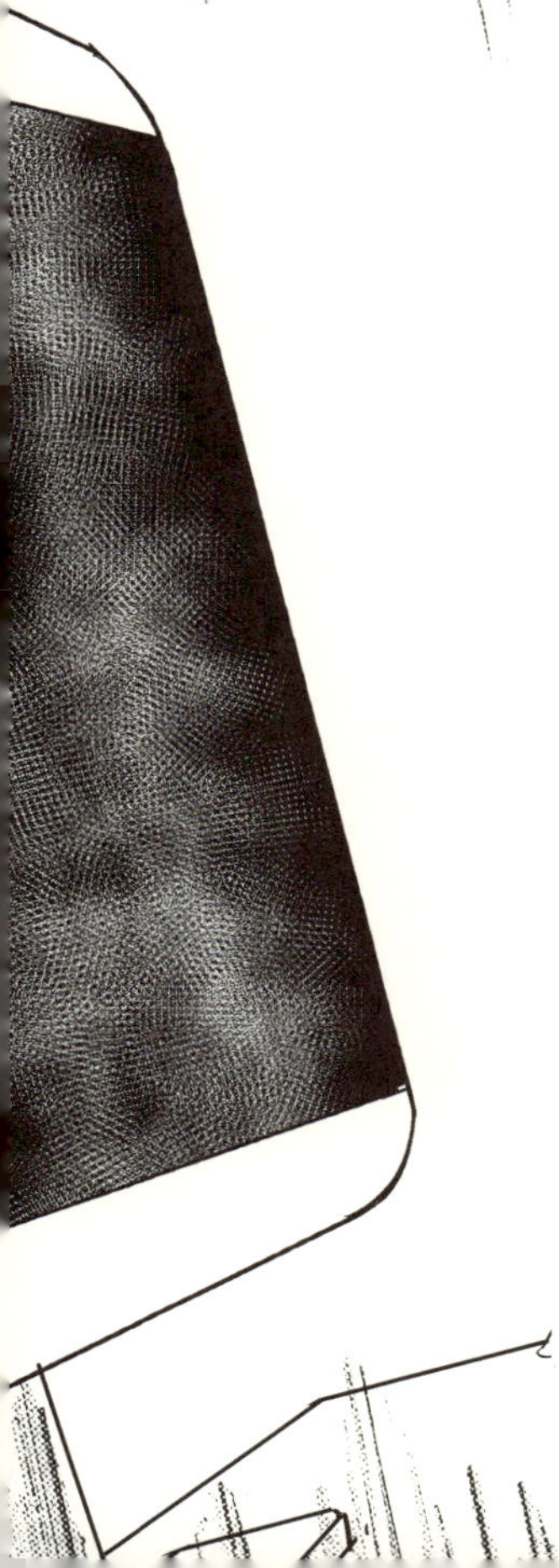

アリス【6月《がつ》15日《にち》。19時《じ》30分《ぷん》。
すべての数字《すうじ》がそろった。これであの場所《ばしょ》へ行《い》ける。
この先《さき》は何《なに》が起《お》きるかわからない。万《まん》が一《いち》のためにこの記録《きろく》を残《のこ》す】

尾狩刑事《おかるけいじ》は眉《まゆ》をひそめてつぶやいた。

「すべての数字《すうじ》がそろった……あの場所《ばしょ》へ行《い》ける……これはどういう意味《いみ》でしょうか？」

「わからない……この数日後《すうじつご》にもメッセージが書《か》き込《こ》まれていたの」

そう言《い》うと、美希《みき》は掲示板《けいじばん》の画面《がめん》をスクロールさせた。

アリス【6月《がつ》19日《にち》。23時《じ》40分《ぷん》。ホームに電車《でんしゃ》がやってきた】

アリス【6月《がつ》20日《はつか》。00時《じ》25分《ふん》。着《つ》いたのは小《ちい》さな無人駅《むじんえき》。
まわりには草原《そうげん》と山《やま》が見《み》えるだけ】

アリス【6月《がつ》20日《はつか》。01時《じ》57分《ふん》。線路《せんろ》にそって歩《ある》く。
遠《とお》くで太鼓《たいこ》と鈴《すず》を鳴《な》らすような音《おと》が聞《き》こえる】

画面《がめん》を見《み》つめる健太《けんた》がゴクリとつばをのみこむ。

「ねえ……これってあの都市伝説《としでんせつ》とそっくりじゃない……!?」

その言葉《ことば》に美希《みき》はコクリとうなずいた。

「そう……まるで同《おな》じなの。
『きさらぎ駅《えき》』の都市伝説《としでんせつ》と……」

「きさらぎ駅《えき》……？」

尾狩《おかる》刑事《けいじ》の表情《ひょうじょう》が不安《ふあん》でサッと曇《くも》った。

真実《しんじつ》はじっと画面《がめん》を見《み》つめていた。

「まだメッセージの続《つづ》きがあるようです」

アリス【6月20日《がつはつか》。02時《じ》09分《ふん》。
危《あぶ》ないから線路《せんろ》の上歩《うえある》いちゃダメだよ、とうしろのほうで誰《だれ》かが叫《さけ》んでいたので、
振《ふ》り向《む》いたら、おじいさんが立《た》っていたが消《き》えてしまった】

アリス【6月20日《がつはつか》。03時《じ》10分《ぷん》。
トンネルから出《で》ると、先《さき》のほうに誰《だれ》か立《た》っている】

アリス【6月20日《がつはつか》。03時《じ》20分《ぷん》。
親切《しんせつ》な人《ひと》で、わたしが目指《めざ》す場所《ばしょ》を知《し》っているそう。
そこまで車《くるま》で送《おく》ってもらうことになった】

「アリスちゃん、車《くるま》に乗《の》っちゃダメだ。その車《くるま》に乗《の》ったら……！」

健太《けんた》が思《おも》わず口走《くちばし》る。

「メッセージはここで終《お》わってるみたい……」

美希《みき》がつぶやくと、健太《けんた》が震《ふる》える声《こえ》で言《い》う。


「同《おな》じだ……何《なに》もかも、『きさらぎ駅《えき》』とまったく同《おな》じだ……」


尾狩刑事《おかるけいじ》はゴクリとつばをのみ、おそるおそる聞《き》いた。

「いったいどういうことですか……!?　アリスに何《なに》が起《お》きたんですか!?」

健太《けんた》は決意《けつい》したようにギュッと手《て》のひらを握《にぎ》った。

「何年《なんねん》も前《まえ》に、同《おな》じような投稿《とうこう》があったんだ。ある若《わか》い女《おんな》の人《ひと》が、いつもの電車《でんしゃ》に乗《の》っていたら見知《みし》らぬ駅《えき》に着《つ》いたって。その駅《えき》の名前《なまえ》はきさらぎ駅《えき》……そこでは不思議《ふしぎ》なことがいろいろ起《お》きて、最後《さいご》にトンネルを抜《ぬ》けた先《さき》で、親切《しんせつ》な人《ひと》の車《くるま》に乗《の》った……」

「それで？　その女《おんな》の人《ひと》はどうなったんでしょうか……？」

「……どこかに消《き》えたみたいに連絡《れんらく》が途絶《とだ》えたんだ。ネットでうわさになってたくさんの人《ひと》がきさらぎ駅《えき》を探《さが》したけど、そんな駅《えき》はどこにもなかった。だから今《いま》では、きさらぎ駅《えき》は異《い》界《かい》にあると言《い》われているよ……」

「異界《いかい》……!?」

尾狩刑事《おかるけいじ》が息《いき》をのむ。

「つまり、予言《よげん》の書《しょ》に書《か》いてあるとおりになったわけだね……」

真実《しんじつ》はそう言《い》って予言《よげん》の書《しょ》を開《ひら》いた。そこにはこう書《か》かれていた。

『予言《よげん》をたどり、怪現象《かいげんしょう》の真《しん》の姿《すがた》を見《み》よ。さすれば、異界《いかい》への扉《とびら》が開《ひら》かれるだろう』

「アリスさんは『すべての数字《すうじ》がそろった』と書《か》いている。おそらく、予言《よげん》のナゾをすべて解《と》いて『数字《すうじ》』を手《て》に入《い》れたんだろう。そしてきさらぎ駅《えき》へとたどり着《つ》いた」

健太《けんた》が言《い》うと、真実《しんじつ》は予言《よげん》の書《しょ》を開《ひら》いてページをめくった。

「何《なに》かを見落《みお》としていたのかもしれない……」

その手《て》がピタリと止《と》まる。

最後《さいご》の見開《みひら》きのページ……そこは白紙《はくし》になっていた。

そのページの下《した》のほうに、不思議《ふしぎ》な記号《きごう》が描《えが》かれている。

□□.□□□□

□□□.□□□□

「この並《なら》んだ四角《しかく》いマスはなんでしょうか？　小《ちい》さくて、今《いま》まで気《き》がつかなかったであります」

予言《よげん》の書《しょ》をのぞきこみ、尾狩刑事《おかるけいじ》が言《い》う。

真実《しんじつ》は口《くち》もとに手《て》をやり、静《しず》かにつぶやいた。

「この本《ほん》には、まだナゾが隠《かく》されているようだ……」

そして、人《ひと》さし指《ゆび》で眼鏡《めがね》をクイッと持《も》ち上《あ》げた。

「すべてのナゾを解《と》いた先《さき》に、アリスさんやほかの子《こ》たちがきっといる。予《よ》言《げん》の書《しょ》のナゾを解《と》いて、必《かなら》ずきさらぎ駅《えき》にたどり着《つ》いてみせる」

真実《しんじつ》の瞳《ひとみ》には、力強《ちからづよ》い光《ひかり》が宿《やど》っていた。

（後編《こうへん》につづく）

その後《ご》の科学探偵《かがくたんてい》「尾狩刑事《おかるけいじ》の秘密《ひみつ》のファイル」

著者紹介

佐東みどり
脚本家・作家。アニメ「サザエさん」「ハローキティとあそぼう！まなぼう！」などを担当。小説に「恐怖コレクター」シリーズ、「謎新聞ミライタイムズ」シリーズなどがある。
（執筆：プロローグ、2章）

石川北二
監督・脚本家。脚本家として、映画「かずら」（共同脚本）、映画「燐寸少女 マッチショウジョ」などを担当。監督としての代表作に、映画「ラブ★コン」などがある。
（執筆：4章、エピローグ）

木滝りま
脚本家・作家。脚本家として、ドラマ「正直不動産2」、「カナカナ」など。小説に「セカイの千怪奇」シリーズ、『大バトル！きょうりゅうキッズ　きょうふの大王をたおせ！』などがある。
（執筆：3章）

田中智章
監督・脚本家・作家。脚本家として、アニメ「ドラえもん」、映画「シャニダールの花」などを担当。監督として、映画「花になる」などがある。「全員ウソつき」「天空ノ幻獣園」シリーズ執筆。
（執筆：1章）

挿画

kotona
イラストレーター。児童書や書籍の挿絵のほか、キャラクターデザインなどで活躍中。
HP：marble-d.com
（マーブルデザインラボ）

ブックデザイン
アートディレクション
辻中浩一
＋
村松亨修（ウフ）

たすけて

監修　金子丈夫（筑波大学附属中学校元副校長）
取材協力　形状記憶合金協会（1章）、
東京大学サイエンスコミュニケーションサークルCAST
編集デスク　野村美絵
編集　金城珠代
編集協力　河西久実
校閲　宅美公美子、野口高峰（朝日新聞総合サービス）
本文図版　倉本るみ、アソビディア（3章、トリックアート作成）
コラム図版　笠原ひろひと
写真　iStock
キャラクター原案　木々
ブックデザイン／アートディレクション　辻中浩一＋村松亨修（ウフ）

おもな参考文献、ウェブサイト
『新編　新しい理科』3～6（東京書籍）／『週刊かがくる　改訂版』1～50号（朝日新聞出版）／『週刊かがくるプラス　改訂版』1～50号（朝日新聞出版）／『未来へひろがるサイエンス1』（新興出版社啓林館）／『日本現代怪異事典』（笠間書院）

科学探偵《かがくたんてい》 謎野真実《なぞのしんじつ》シリーズ

科学探偵《かがくたんてい》 vs.《ブイエス》 終末《しゅうまつ》の大予言《だいよげん》[前編《ぜんぺん》]

2024年11月30日　第1刷発行

著　者　作：佐東みどり　石川北二　木滝りま　田中智章　　絵：kotona
発行者　片桐圭子
発行所　朝日新聞出版
〒104-8011
東京都中央区築地5-3-2
編集　生活・文化編集部
電話　03-5541-8833（編集）
03-5540-7793（販売）

印刷所・製本所　大日本印刷株式会社
ISBN978-4-02-332401-5
定価はカバーに表示してあります

落丁・乱丁の場合は弊社業務部（03-5540-7800）へ
ご連絡ください。送料弊社負担にてお取り替えいたします。

ナゾノベル

悪魔《あくま》の思考《しこう》ゲーム

著《ちょ》 大塩哲史《おおしおさとし》　絵《え》 朝日川日和《あさひかわひより》

天才的《てんさいてき》な頭脳《ずのう》
思問《しもん》 考《こう》

運動神経《うんどうしんけい》バツグン
在間《ありま》ミノリ

思考実験《しこうじっけん》がテーマの 頭脳《ずのう》フル回転《かいてん》ストーリー

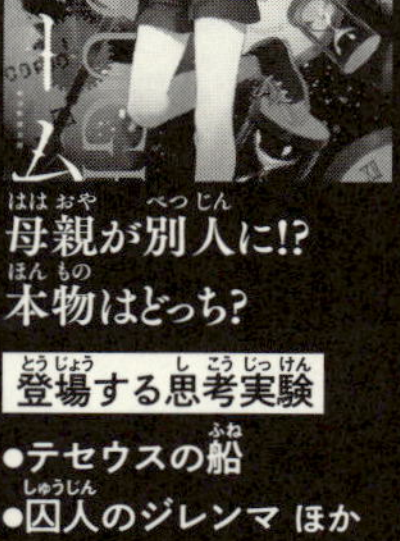

1巻《かん》 入《い》れ替《か》わったお母《かあ》さん

母親《ははおや》が別人《べつじん》に!?
本物《ほんもの》はどっち?

登場《とうじょう》する思考実験《しこうじっけん》

- ●テセウスの船《ふね》
- ●囚人《しゅうじん》のジレンマ ほか

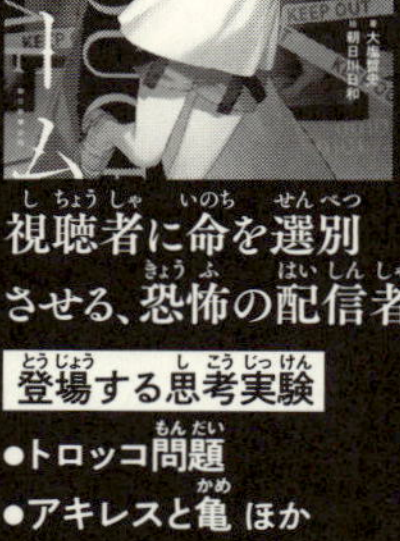

2巻《かん》 恐怖《きょうふ》のハッピーメイカー

視聴者《しちょうしゃ》に命《いのち》を選別《せんべつ》
させる、恐怖《きょうふ》の配信者《はいしんしゃ》!

登場《とうじょう》する思考実験《しこうじっけん》

- ●トロッコ問題《もんだい》
- ●アキレスと亀《かめ》 ほか

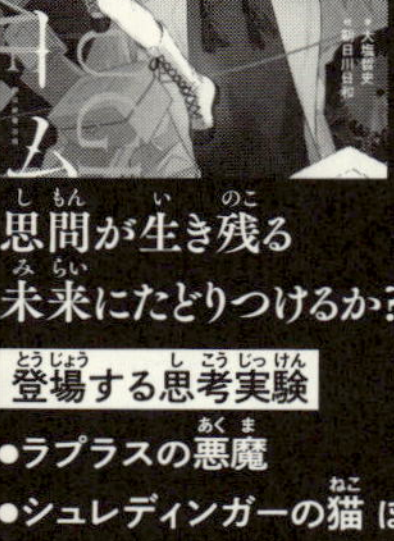

3巻《かん》 繰《く》り返《かえ》す3日《か》間《かん》

思問《しもん》が生《い》き残《のこ》る
未来《みらい》にたどりつけるか?

登場《とうじょう》する思考実験《しこうじっけん》

- ●ラプラスの悪魔《あくま》
- ●シュレディンガーの猫《ねこ》 ほか